CLARA IMMEDIATO

e o Planeta H2O

E.B. Emediato

Conteúdo

Era uma vez uma menina doce, de pele clara, olhos amarelos, às vezes esverdeados dependendo do sol, cabelos lisos loiros e, encantadora, brilhava por onde passava. Não tinha quem não a olhasse, seja quando ia à escola ou brincava na rua, as pessoas sempre entortavam o pescoço para vê-la passar. Clara era o nome dela. Ela era também uma criança muito amada, feliz e alegre, cativava todo mundo. Seu olhar sereno e curioso entusiasmava quem a via. Porém, em alguns momentos, era muito inquieta e hiperativa, não tinha quem a contivesse.

De origem Italiana, nasceu em Palermo, capital da Sicília, na Itália. Era apaixonada pelo país. Vivia em uma casa que ficava bem no alto da montanha e amava ver do seu telhado as pessoas caminharem.

Senhor e senhora Immediato eram os pais de Clara, tinham um senso de humor absurdamente benevolente. Era fácil imaginar o que queriam e entender os pensamentos pela forma que agiam. As expressões sempre muito nítidas, claras, eram uma de suas características.

Clara tinha um nariz levemente grande igual ao do pai. Ela odiava o fato de as meninas do bairro terem nariz pequeno e ela não. Vivia olhando-se no espelho apertando-o no sentido de afinar e diminuir o tamanho. A família toda de Clara tinha o nariz grande herdado do avô Simião Immediato, Simiãozinho como era conhecido.

Ah, e uma característica legal é que Clara era muito engraçada, muitas vezes, irônica. Costumava surpreender a todos com brincadeiras sarcásticas.

Diferente da maioria das crianças que moravam em Palermo, que eram tímidas e pacatas, Clara chamava muita atenção pelo jeito genuíno e autêntico, sempre curioso e expansivo. A pequena cidade da Sicília era um lugar de muita vida e história e as casas eram em sua maioria rústicas. Além disso, muitos banhistas costumavam ficar na costa onde passavam os navios que ancoravam com as cargas vindas de outros continentes.

Palermo não era muito grande, tinha pouco mais de 150 mil habitantes. Seu povo era muito acolhedor. Recebia muitos turistas, a maioria europeus, gregos e asiáticos. Tinha uma colonização levemente árabe, mas os costumes e hábitos conservadores resgatavam as raízes italiana.

- CAPÍTULO 1 -

The famiglia

A família de Clara era tradicional. No bairro que ela nasceu, a comunidade era muito amigável e costumava ser bastante gentil. Exceto, por alguns comportamentos estranhos de gente esquisita.

Alguns moradores, os mais antigos, guardavam segredos que muitos desconfiavam existir. Muitos deles tinham mistérios mágicos suspeitos, escondidos, que quase todo mundo duvidava. O boato que

8

havia na vizinhança era de que algumas crianças tinham desaparecido de lá porque tinham ido visitar outros planetas e nunca mais voltaram. Outros diziam, no entanto, que era um planeta cheio de água, em abundância, que se chamava: "Planeta Água", com dinossauros e bichos de várias espécies nunca vistos na Terra. Mas, como poderia ser? Seria mesmo verdade o que os vizinhos de Clara falavam? Haveria um Planeta Água? E como seria esse planeta? Como chegar lá? Haveria humanos?

As perguntas atormentavam a cabeça da mãe de Clara, Senhora Eliza Bittencourt Immediato, que jurou para si nunca deixar a garota saber das histórias. Até mesmo o falatório de que algumas crianças de Sicília ter ido ao Planeta e nunca mais voltado a deixavam morta de preocupação. Dizia a lenda que um tapete mágico as tinha levado e virado fumaça depois.

Quando a prima de Clara, Tamara Bittencourt, chegou à Sicília para visitar a família, por duas semanas, de férias, sra. Immediato tranquilizou-se. Mesmo que a temporada fosse por pouco tempo, a sobrinha foi ajudar a mãe da menina nas tarefas diárias. Ela sabia que depois ela iria embora e por isso, pensava em como ia se virar depois. Tamara era mais velha e deixava a mãe de Clara mais calma e menos preocupada, por conta de compromissos que a menina tinha. As aulas de balé e canto que a garota fazia não eram suficientes para ela preencher todo o tempo livre, ela também precisava brincar e descansar. Senhora Immediato era exigente por demais com a filha. Mas, a maior preocupação da mãe com a menina era no entanto, ela imaginar a possibilidade de ir ao "Planeta Água".

A arma que a menina costumava usar contra a mãe, a ironia, costumava ser sua melhor aliada. Para se livrar das armadilhas, no entanto, saia de bicicleta pelas ruas de Palermo, subindo e descendo morro atrás do pico mais alto. Inteligente, não era muitas vezes compreendida como gostaria. Sentia-se muitas vezes cansada por conta da disciplina que a mãe exigia. As diversas atividades ao longo do dia, como estudo, aulas de balé, aulas de música e brigas constantes pela casa com a mãe eram eternas. Seu maior sossego era quando saia pra andar de bicicleta. Senhor Immediato, o pai, fazia o que podia para ajudar a menina com as tempestades criadas pela mãe. Apaixonado, levava a menina de bicicleta à escola, todos os dias.

— Filha, vamos? – dizia Immediato toda segunda-feira ao se preparar para levar a menina à escola.
— Vamos, papai! – respondia Clara subindo na garupa da bike.

Esses eram os melhores momentos da menina com o pai, ela esperava ansiosa para ir à escola. A bicicleta era azul com um aro redondo no meio do cano, o que fazia o desenho da bicicleta ser diferente. Era confortável, leve, e tinha as molas flexíveis.

Clara ia na garupa e o pai pedalando. Quando os vizinhos viam um pontinho amarelo de cabelo loiro balançando na bicicleta com um senhor pedalando achavam engraçado. A mochila pendurada nas costas estava sempre grudada com a garota.

- CAPÍTULO 2 -

Palermo

A pequena cidade de Palermo, capital da ilha italiana de Sicília, era um lugar de muita vida e história. Medievais, tinha um registro de cultura e ancestralidade enraizados nas pilastras e tijolos das construções. De lá pra cá, era possível ver o mar azul da cor brilhante, quase transparente que a cidade reservava. Era muito comum eles ficarem observando os barcos grandes com cargas de alimento e roupas que chegavam para abastecer os moradores.

As famílias, principalmente a de Clara, bastante conservadora e entusiasta, viviam com suas casas cheias de familiares e amigos. Os Immediato falavam alto e gostavam muito de festa, recebiam os amigos e morriam de dar gargalhadas altas. Valorizavam muito a culinária. O jantar na casa da família de Clara acontecia sempre no dia 29, às sextas-feiras, para comer nhoque. A cozinha da casa era enorme, tinha uma mesa de madeira no centro dela e, a mãe de Clara, Senhora Immediato estava sempre rodeada de amigos. As cadeiras da mesa da copa tinham bancos largos de madeira que eram compridos para conseguir juntar até cinco pessoas em um só banco, uma do lado da outra. Isso fazia com que as pessoas se sentissem mais próximas.

Era uma quarta-feira do mês de julho, o dia estava lindo e o forno a lenha de Senhora Immediato estava aceso, fazia um pão maravilhoso. A senhora Immediato, por ser de origem francesa, tinha o hábito enraizado com a culinária francesa. Sua família foi criada em Lyon, cidade central do Leste da França, por volta do ano de 1850.

A intrigante e curiosa maneira de fazer pão com farinha da família conceituava a massa detalhe a detalhe. Porém, a especialidade de fazer baguete era só deles. Senhora Bittencourt Immediato não deixava passar um grão de cevada a menos ou a mais da receita, na forma.

Senhora Immediato tinha o maior cuidado do mundo na hora de ir para cozinha. Aprimorou os dotes antes de casar-se com Helly. Apesar de seus pais, dona Maria Henrique Bittencourt, Quetinha como era apelidada, e Senhor Sinésio Bittencourt morarem junto com eles, a avó de Clara não tinha muita aptidão para a cozinha, gostava mesmo de ensinar, dar aula, escrever e ler.

Quetinha sempre foi muito rigorosa. Criou sete filhos na fazenda, em Lyon, na França. Exigente com a educação das crianças aplicava as lições sempre com tempo determinado para o término. Ela sempre reforçava que, ao ter dúvida em uma tarefa, a consultasse e perguntasse antes de terminar. A fazenda que moravam na França, era um charme, elegante e aconchegante com varandas largas e redes espalhadas. Havia plantas decoradas que eram em sua maioria penduradas no muro. Mas Quetinha, sempre ambiciosa, queria mais. Queria criar os filhos na cidade, dar um futuro melhor para eles, mudar de país, aprender outro idioma e ensinar sua língua natal, francês, à outras crianças. Educar diversas línguas e dar prioridade à carreira e à família. Ela dizia que a qualidade da educação que dava aos filhos seria o legado que gostaria de deixar. O avô de Clara, marido de Quetinha, Senhor Sinésio Bittencourt, era apaixonado pela família.

Naquele dia, então, foram fazer os pães em Palermo na casa dos Immediato, Quetinha recordou a época que os filhos ainda eram pequenos na França, em Lyon.

Os magníficos pães eram o carro chefe da família. Era da cultura do bisavô de Clara os costumes de preparar os pães. O nome do bisavô, engraçado, era o mesmo do avô de Clara, Sr. Sinésio Bittencourt.

– Mamãe, hoje vou fazer pão de baguete do vovô. – disse Senhora Immediato à mãe.

– Ah, que maravilha. Pois, vamos. Te ajudo com a massa. – respondeu Quetinha à filha.

– Ótimo. Se lembra, me recordo agora que o vovô falava que esse pão tinha esse formato comprido e arredondado nas pontas por causa dos padeiros que serviram o Imperador Napoleão... – recorda-se Senhora Immediato da época de criança ao falar com a mãe sobre o pão que preparavam.

– Ah, claro que sim. Papai adorava. Segundo ele, os pães eram assim para que fossem melhor transportados nas batalhas dos navios.

– Exatamente. Era isso mesmo. Pois, então vamos fazer! O belo e clássico pão de baquete crocante do vovô.

A receita de baguete francesa era simples. Não levava mais de 1 hora no forno. O fogão aquecia os ingredientes que eram feitos à lenha e os deixava pronto para assar as baguetes compridas feitas com farinha de trigo. O cheiro delas quando prontas espalhava-se pela casa toda.

– Tem pão pronto!

– Oba! Não acredito! Já posso sentar? – pergunta Senhor Immediato sentindo o cheiro de pão quentinho sair do forno, crocante.

— Pode. Venham todos, papai, mamãe, Clara pegue o azeite e o manjericão na horta, por favor, vamos servir com eles, por favor...

O pão de baguete quente e crocante saído do forno a lenha era o prato favorito de senhor Immediato. Ele amava mais que pizza.

A mãe de Clara conheceu o marido, Helly Immediato, em Palermo quando foi visitar a Itália, em viagem com uma amiga, por volta do ano de 1910. Ela era muito jovem e tinha muitos sonhos. Adorava a cultura do país e a culinária. Admirava os costumes e achavam eles formidáveis. Inovadores e historiadores. Ela nunca imaginaria que a viagem a passeio para conhecer o país dos sonhos fosse render tantos frutos.

- CAPÍTULO 3 -

The Cat

Uma das coisas mais legais que Clara gostava de fazer era brincar com o melhor amigo, Nino. Ela adorava a companhia dele, o gato sempre tinha as melhores ideias e respostas sobre as coisas. Sim, ele falava com ela. Além disso, parecia saber das histórias de Sicília e os mistérios que pairavam por lá, como a existência do "Planeta Água".

Nino era um gato adorável, amigo de toda vizinhança, tinha a cor preta e branco e era de porte médio, rápido e sagaz, amava correr no jardim da casa dos Immediatos. Era a alegria da casa e fazia da vida de Clara a mais feliz e melhor do mundo. Os momentos dela com ele eram os mais incríveis. O gato acompanhava a menina em tudo que ela fazia. Quando tinha que caminhar longos trechos até a escola, o felino seguia a menina e fazia muita bagunça para animar a garota. A travessura mais bizarra que Nino adorava fazer era subir nas árvores por metros de altura e se esconder.

O pai de Clara dizia que o gato bicolor preto e branco não era uma raça, mas um padrão de cor que ocorria em quase todos os tipos de gatos domésticos. Segundo ele, os americanos têm o estranho hábito de chamá-los de "Tuxedo Cat" que são aquelas pessoas que usam um tipo de modelo de roupa, como se fosse o passeio completo "masculino", que é usado para vestir em ocasiões formais como jantares. A pelagem preta e branca de muitos gatos dá a divertida ideia de que gatos parecem vestidos a rigor, sérios, porém, são na verdade, simples e muito engraçados.

A senhora Immediato acreditava que os gatos de pelagem preta e branca eram portadores de muito boa sorte e levavam prosperidade, revelando bastante inteligência em relação a outros gatos.

Em sua casa, as plantas eram muito bem cuidadas e cresciam forte. A avó de Clara, dona Quetinha, contava que os gatos de cor preta e branca eram muito populares e, na antiguidade, eram representados nas tumbas reais egípcias. Dona Quetinha costumava contar as

15

histórias para Clara dormir, a netinha adorava ouvir o som de sua voz. Na casa, em Palermo, morar todos juntos era uma aventura. O mar da Sicília era a paixão e distração deles aos finais de semana.

— Vovó, conta hoje sobre os Tuxedo Cats? Será que eles são originais do Planeta Água? Tamara me disse que lá existem dinossauros e vários bichos gigantes que não têm aqui em Sicília.

— Minha querida, não sabemos, na verdade. Pode ser que sim como pode ser que não. No entanto, reza a lenda que, antigamente, houve uma gata chamada Asgerd, fêmea, que acompanhou os vikings nas suas expedições ao continente norte-americano por muito tempo. Shakespeare, Beethoven e Isaac Newton, também foram alguns exemplos de personalidades famosas que usufruíram da companhia dos gatinhos preto e branco.

— Sério vovó? Uau, que legal! E, quem foi Shakespeare, Beethoven e Isaac Newton?

— Eles foram historiadores, músicos e cientistas. Shakespeare, foi um dramaturgo inglês que escreveu grandes peças de teatro em Londres, na Inglaterra. Natural de Stratford-upon-Avon, ele era muito astuto e gostava muito de escrever. Foi um dos maiores escritores ingleses que existiu. Naquela época, quando ele escrevia, ele saía de Stratford-upon-Avon, sua cidade natal, para ir trabalhar em Londres a cavalo, pois não havia meio de transporte hábil. Não tinha trem, ônibus, tão pouco carro.

— Uau, que incrível. E, como ele produzia tanta coisa? Que genial. — perguntou Clara, curiosa, tentando entender o empenho que deixara o poeta tão famoso mundialmente.

— Ele era muito dedicado e provavelmente se interessava muito pela leitura. Isso deve ter o motivado a escrever tantos sonetos e peças teatrais. – respondeu a avó falando sobre Shakespeare

Clara e a avó ficavam horas conversando. A menina gostava muito das histórias que dona Quetinha dedicava às suas noites. Era como se elas fossem eternas fantasias, transcendendo a realidade. A neta sentia-se transportada para o tempo e cenário que a avó a fazia imaginar. Os detalhes e os contos que dona Quetinha criava e lia eram deliciosos.

— Agora está na hora de dormir. – diz Dona Quetinha, depois de conversar com a neta.

— Sim! Cadê Nino? Acho que ele já foi dormir.

— Olha ele, aqui, danadinho, está roncando. Pegou no sono logo que comecei a contar história para você.

— Hahaha. Ele adora suas histórias.

— Boa noite, minha querida. Dorme bem. – diz dona Quetinha se despedindo de Clara.

— Boa noite, Vovó.

- CAPÍTULO 4 -

O pai

O pai de Clara era um encanto. Apaixonante, quem o via pela primeira vez gostava de cara. Não era só o olhar doce e atencioso que ele despejava em todos que conhecia, mas o carinho e bondade que refletia nas pessoas, bem característico da sua alma livre. E também sua vontade de viver era admirável, incrível. Quanta fome de vida ele tinha, desde pequeno, arteiro que era.

Italiano, era alto e barrigudo. Parecia o Papai Noel, barbudo. Tinha um jeito muito charmoso de ser, elegante, tinha os olhos de cor esverdeados que lembravam o mar mais lindo do mundo, o de Palermo, na bela Sicília da Itália, sua cidade de origem. A água do mar era transparente, de onde era possível ver as pessoas nadando quando mergulhavam nela, esplêndida. Senhor Immediato, Helly, não suportava gente preguiçosa, tinha muita raiva quando alguém fazia algo de mal à alguém de sua família e tinha um amor muito grande em especial, pela sua Clara. Era agitado e acelerado, sempre rodeado de muitos amigos, trabalhava muito e tinha um fábrica de manteiga herdado da família o qual era apaixonado.

- CAPÍTULO 5 -

O Planeta Água

Era quinta-feira, chovia muito e o dia estava escuro, poucas nuvens no céu e o clima frio. Clara chegou da escola toda esbaforida querendo ir à casa de Ju. Juliana era sua amiga de infância, dois anos mais velha, era sua vizinha. Morava na rua Torna Esquina nº 49, que tinha esse nome esquisito mesmo, mas a rua em si não era.

Senhora Immediato, porém, disse à filha para lanchar antes de sair de casa. Mas ela queria sair de qualquer jeito, tinha pensado o dia todo em ir à casa da amiga contar o segredo que tinha descoberto na escola.

— Menina, come direito! Para que essa pressa? Vai para onde? – perguntou o pai, Helly, querendo entender a agonia da menina?
— Vou à casa de Ju. Ela está me esperando. Preciso dizer a ela o que a professora de matemática, tia Iêda, falou sobre a matéria que vai cair na prova a ser aplicada na semana que vem.
A resposta, claro, embora tendo sido rápida, não convenceu o pai, que desconfiado respondeu:
— Sei, sei...
Ela não podia falar a seu pai que ia falar com a Ju sobre o Planeta Água, pois ele não entenderia. Nem tão pouco sua mãe. Ninguém acreditaria.
— Finito! Tchau!
— Tchau – respondeu os Immediatos, meio ressabiados.

Estava claro que todos estavam achando estranho o comportamento de Clara, mas mesmo assim, ninguém sabia ao certo o que ela estaria escondendo. Agoniada, chegou à casa de Ju.

— Ju! Você não vai acreditar...
— O que foi Tita? – pergunta intrigada a amiga, chamando Clara pelo apelido.
— Tive um sonho com um super mutante. Era tipo um submarino, um aquário gigante, que trazia ele aqui pra Terra e buscava uma criança.

O sonho tinha sido muito estranho. Ju ficou surpresa com a amiga. Não sabia como isso seria possível e nem imaginava como isso podia acontecer em Palermo.

Além da amiga Ju, Clara tinha uma meia irmã, Elizângela. Sua mãe a tivera no primeiro casamento antes de sair de sua cidade natal, Lyon na França, para Sicília. De nome Manoel, o primeiro marido de

Senhora Bittencourt era português, nascido em Lisboa. Elizângela, era 13 anos mais velha que Clara que, tinha somente 7 anos de idade. Amava-a muito, e era a melhor irmã que Clara podia ter, doce, carinhosa e atenciosa. Não media esforços quando a atenção era para Clara. De pele branca, tinha o cabelo preto liso que de tão fino escorria pelo rosto, os fios mais pareciam jabuticabas em listras pretas. Os olhos verdes eram como esmeraldas por possuir um tom claro e sensível ao sol. Tinha pouco mais de 1 metro e 60 de altura e andava sempre muito decidida sobre suas coisas e afazeres. Era determinada e muito inteligente quando pensava e refletia sobre suas escolhas.

Por ter uma irmã que apaziguava a sua relação com sua mãe, Clara era mais tranquila. O pai também conseguia intervir na relação materna e sempre aliviava mais as cobranças da mãe. A falta de motivação da mãe com Clara com relação aos sonhos da filha e ao que ela queria era porém, péssimo, a garota sentia falta das respostas da mãe aos questionamentos que tinha. Não dava a atenção que ela precisava.

CAPÍTULO 6

Flores

Era outono, Palermo estava no inverno, um pouco fria, mas levemente calma e silenciosa. Os moradores saiam menos de casa por causa do tempo e isso deixava a cidade mais introspectiva e pacata.

Senhora Immediato preparava o jantar para receber os amigos, pois era época de colheita de uvas entre os meses de outubro e dezembro, na Itália. Apaixonado pela filha, fazia o impossível para vê-la feliz e agradar-lhe. Não media esforços para encontrar alegria em tudo que a filha fazia. Sua família de muitos irmãos, italianos, eram muito comilões, chegavam a ser barrigudos de tanto comer. Tio Willis era o tio mais amável e o favorito de Clara.

- Aonde está minha coelhinha? Aonde ela está escondida? Quem sabe dela? Estou à sua procura.

— Tio Willis! Tio Willis!
— Oi minha menina, como você está? O que está fazendo? - pergunta o tio que morava próximo a casa dos Immediato.
— Estou brincando com o Nino. Quero levar ele para conhecer o Planeta Água.
— Ah, muito bem. Planeta Água? Aonde fica?
— Muito longe. A milhões de anos luz da Terra. Não é possível ir de avião nem de carro.
— Nossa, que coisa impressionante. E, como você pretende ir até lá então? – perguntou o tio, curioso.
— Vou dar um jeito, tio. Não conte aos meus pais ainda, por favor. É segredo.
— Claro. Eu prometo. Não vou falar. Segredo guardado. - Garantiu Willis à sobrinha que ainda não sabia como ir ao Planeta Água que tanto queria.

Quando anoiteceu, depois da conversa com o tio, Clara foi pra casa dormir. Ao chegar à casa, depois de tomar banho, sentou-se em sua mesa de estudos para desenhar a rota imaginava trilhar para chegar ao Planeta H2O. Enquanto ela escrevia seu plano, sua mãe, senhora Immediato bate à porta do quarto.

- — Filha, minha querida, fez os deveres de casa? – pergunta senhora Immediato à Clara que estava sentada na escrivaninha.
- — Sim, mamãe. Só estou revisando algumas anotações antes de dormir.
- — Ok, meu amor. Ótimo, muito bem. Então durma bem. Bons sonhos.
- — Boa noite, mamãe. - respondeu a menina.

Desta vez, foi por pouco...

Exigente na educação de Clara, senhora Immediato ensinava à filha inglês e espanhol ao mesmo tempo que ela era alfabetizada em francês pela avó, Quetinha. Como deixaram a cidade de Lyon, muito cedo e o idioma oficial da Itália, onde moravam, era o Italiano, praticavam pouco. A menina tivera que aprender quase todos as línguas ao mesmo tempo. Além disso, a avó tinha sido professora e ensinar para ela era um verdadeiro prazer.

- CAPÍTULO 7 -

Dia D

O vilarejo dos Immediato, rua Esquina Torta nº 49, que já tinha nome esquisito, sempre tinha um fato inédito acontecendo. Dessa forma, não era de estranhar que o lugar próximo às montanhas, frio a maior parte do ano e com estações bem definidas tivessem coisas malucas. O lugar, peculiar, envolvia os segredos de alguns moradores misteriosos. Muitas pessoas eram intrigadas com o lugar. O filho dos gêmeos, senhor Nerd e senhor Greyk, era um enigma.

Ele tinha 12 anos e era um menino tímido. O cabelo espetado como se fosse o do Sonic, personagem dos jogos de Super Nintendo era hilário. E, como Clara estava à procura de um aliado para ajudá-la a ir ao Planeta Água, achou conveniente compartilhar sua obsessão em desbravar o Planeta.

Foi nesse dia, um sábado de sol com nuvens calmas e um céu que de tão claro doía os olhos, que o milagre aconteceu. Haviam muitas borboletas voando no jardim cheio de flores e roseiras da casa dos Immediato. Elas tinham várias cores, rosa, amarelo, laranja, marrom e vermelho. A borboleta azul porém, se destacava. Batia as asas lentamente em cima da folha da árvore, parecia que se exibia para quem a via passar. Os muros baixos das casas permitiam que os vizinhos pudessem ver como era bem cuidado o "Jardim das Flores" como era chamado.

Porém, algo misterioso pairava no ar... Clara tinha desaparecido.

– Bom dia, minha querida. Vamos acordar? Ué, onde está Clara? – diz senhora Immediato perguntou às paredes.
Silêncio absoluto.
– Clara, Clara, Clara...
– Immediato! Immediato! Aonde está Clara? Ela não está no quarto. Estou com um mal pressentimento...

— Querida, não. São 8h da manhã. Será que ela não se levantou da cama mais cedo para ir à casa de alguma amiga, da Ju, talvez? Ou está escondida no porão?

Tinha uma parte da casa dos Immediato aonde eles guardavam coisas velhas, tralhas da família. Senhor Immediato pensou que de repente a menina pudesse estar escondida lá.

— Não sei. Querido, por favor veja lá para mim. Vou ver com Nino. Ele deve ter alguma pista. Está sempre colado em Clara. Pode ser que ele saiba de algo – disse a mãe da menina se referindo ao gato de estimação que estava sempre perto da garota.

- Nino, Nino! Você viu Clara? Ela sumiu. Sabe aonde ela está? Você a viu? – pergunta senhora Immediato aos prantos ao gato que adorava ficar na rua, nos cômodos escondidos da casa e no Jardim das Flores.

— Miau, miau, miau... - rugiu Nino ao questionamento de Sra. Immediato. O gato parecia entender tudo que os outros falavam e respondia sem pestanejar aos assuntos relacionados à menina, mas curiosamente, às perguntas de Senhora Immediato, Nino respondeu repetidas vezes, um miado com som agudo, estranho, como se não estivesse contente.

— Que esquisito, parece que Nino sabe de alguma coisa. Parece que quer me dizer algo. Não sei o quê – diz a mãe da menina já desesperada sem saber da menina.

O dia passou depressa, já era tarde e ninguém tinha tido sinal de onde a menina poderia estar. O miado de Nino, estranho, dava pistas de que talvez ela pudesse ter ido nadar ou brincar no mar. Ele olhava para o oceano incansavelmente, mirava o olhar para lá sem pestanejar. Dona Immediato foi lá... Não viu nada demais. O mar estava calmo, a orla vazia, o barulho das ondas se confundia com a voz da menina que a mãe ouvia parecendo vir de algum lugar. Ela tentava buscar pistas. Sentia a brisa conversar com ela acalmando-a.

Ninguém sabia onde Clara estava. Naquela quinta-feira do mês de novembro, terminava a primavera de flores de Palermo. Fazia muito calor na fazenda que os Immediato moravam, as gaivotas sobrevoavam o mar e nada de mais estrondoso poderia acontecer naquela tarde. Nem mesmo Nino sabia falar sobre o sumiço da menina.

- Nino, me leva até onde Clara está, por favor. Preciso verificar aonde supostamente ela pode ter ido. O que está se passando? Não consigo acreditar. Suponho que talvez você saiba aonde ela está. – disse a mãe aflita em busca de notícias da menina.

- Miau! - responde eufórico o gato acalmando senhora Immediato.

No meio tempo, enquanto senhora Immediato se preparava para ir caminhar na orla com Nino para procurar Clara, alguém bate à porta da casa...

- Toc! Toc! Toc!
- Ah! Que susto. Meu Deus, Helly, quem será essa hora da manhã? - perguntou aflita senhora Immediato.
- Não sei querida. Vou lá verificar. – respondeu senhor Immediato.

Quando chegou à porta, um homem velho, mal vestido, com uma boina de cor marrom e uma blusa de cor cinza com a manga remendada e o bolso costurado com um pedaço de pano colorido, aparece. Ele segurava uma bengala marrom também. Parecia que tinha vindo de longe pois, tinha a respiração ofegante.

- Olá, meu senhor, em que posso ajudar? – perguntou Immediato assustado com a presença do velho misterioso.
- É aqui que mora uma criança loirinha, alegre, que tem um gato preto e branco?
- Sim, sim, é aqui mesmo. É minha filha. Por quê? O senhor a viu? Estamos agoniados todos aqui a procura de Clara que sumiu ontem de manhã.

– Sim. Eu trago notícias dela. Ela está bem. Foi visitar o Planeta Água. – respondeu o senhor, calmamente.

– O QUÊ? Planeta de quem? Água da onde? Está brincando? Como assim?

O pai de Clara ficou apavorado. Aquele estava deixando ele atordoado, desconcertado. Não conseguia imaginar como isso poderia ser possível.

Senhora Immediato, assustada com tudo aquilo e percebendo a preocupação do marido, convidou o bom samaritano a entrar à casa e tomar uma xícara de chá.

Não era rotineiro a família Immediato receber um estranho em casa. Mesmo o velhinho sabendo aonde supostamente a filha do casal estava, ele não tinha provas para garantir entes de mais nada, que a menina estava viva e em um planeta do Sistema Solar, tão pouco. Porém, o estranho sabia das características da menina e isso sim, era importante.

– Qual é mesmo o nome do senhor? Perguntou senhora Immediato ao senhor assim que ele se sentou.

– Me chamo Praxedes.

– Aqui está uma xícara de chá para o senhor. Por favor, nos diga o que sabe. – diz Senhora Immediato, implorando respostas sobre a filha.

– Senhora, tudo que sei é muito simples. Clara não está mais em Palermo. E, não a tempo a perder. Ela precisa de nós. Não podemos ficar aqui de braços cruzados. Os *"Unis"* são donos de lá e tomam conta de tudo.

– Quem?

– Unis. Eles são um povoado que detém a escola mais famosa e conceituada de mutantes do mundo. Evolucionistas, estudam a evolução dos bichos, das espécies, mutações de seleção natural que se dão com tempo, entre elas, a humana.

– Olha só, que interessante... - respondeu surpresa Senhora Immediato. E, como podemos chegar até lá? – perguntou.

— Por enquanto eu não posso dar mais informações. Mas, peço que aguarde mais detalhes sobre isso. Eu preciso ir agora. Mas, prometo que em breve trarei mais notícias.

E, assim, senhor Praxedes, sumiu como fumaça...

- CAPÍTULO 8 -

Brincadeiras?

Uma semana antes de desaparecer, Clara tinha encontrado com duas amigas da rua Esquina Torta, nº 49, Juliana e Priscila. Elas se conheceram brincando na porta de casa, bem pequenas, quando tinham pouco mais de 4 anos, e tinham a "Patrulha Salvadora" que era uma turma de meninas do bem. Por meio dela, queriam dominar o mundo e salvá-lo contra todo mal. Com exceção dos momentos em que tocavam a campainha das casas dos vizinhos e saiam correndo. O Planeta Água, porém, era investigado por Juliana, que era a mais velha e portanto, estava no comando da Patrulha Salvadora. Clara e Priscila eram as mais novas e, por isso, tinham que acatar aos comandos da líder do grupo.

Além de mais velha da turma, Juliana era a mais rica da rua Esquina Torta. Tinha uma casa próxima a dos Immediato, em cima da montanha, herdada de seu avô Geraldo, pai de seu pai, Dedeu. O porão da casa, era cheio de bonecas. A mãe, Fátima, era muito vaidosa e enchia a filha de muitos brinquedos.

— Clara, ganhei a boneca Barbie Penélope charmosa. Com ela, veio o furgão e a banheira. Não quer ir lá em casa hoje, brincar? – perguntou Juliana quando encontrou a amiga próximo a sua casa ao chegar da escola.

— Oi, Ju. Não sei. Tenho que estudar hoje. Meu pai chegou de viagem, vou ficar com ele. Mas, talvez amanhã à tarde eu consiga.

— Certo. Tudo bem. Então te espero. Vou chamar a Pri. – respondeu Ju, feliz que a amiga tinha confirmado ir a sua casa brincar de boneca Barbie.

— Combinado. Até manhã.

— Até.

Priscila morava na rua de baixo da casa de número nº 49, da Esquina Torta. Tinha os pais mais bravos e nervosos do mundo. As brigas quilométricas que Clara presenciava da família Pena deixavam-na assustada. Mariza, mãe de Priscila, tinha também três filhos homens e, por isso, a casa parecia estar sempre agitada, o tempo todo. Aquela coisa de brigar sem se matar deixava Clara aliviada. Sentia-se tranquila pois, sabia que apesar dos conflitos, eles sempre se entendiam no final. Além de sempre ter bolo de cenoura com cobertura de chocolate na casa.

Passou-se o dia. Juliana estava animada com as bonecas Barbies novas e queria mostrar para as meninas.

— Clara, você será o Ken.

— Pri, você será a Gisa e eu a Penélope Charmosa.

— Eu adoro ser o menino. - Disse Clara com ar de ironia. Eles são mais inteligentes, falam menos.

— Aff – respondeu Juliana.

Juliana achou curioso o fato de Clara ter gostado de ser o Ken da Barbie. A menina muitas vezes achava o comportamento de Clara estranho pois, amava brincar de bonecas e sabia que a Clara odiava, sempre achou mais interessante as brincadeiras de menino.

— Não me importo de ser menino. Meu lado masculino é muito bem resolvido, é feminino também. E, além disso, trabalhar esse lado me faz ser mais inteligente que vocês. – disse Clara zombando das meninas que queriam na verdade ter deixado ela em maus lençóes.

Juliana ficou morrendo de raiva da menina. – Como pode ela ter ficado satisfeita? – O feitiço virou contra o feiticeiro e as meninas acabaram se divertindo, tirando sarro uma da outra.

A brincadeira não deixou Clara mal. Ao contrário, a forma de ver e enxergar a vida não a permitia que tal coisa, tão pequena, a ferisse. Além disso, o pai a enchia de mimos e carinho ao chegar à casa e tudo passava, como água que passa no rio.

E, por falar em rio, Clara estudava piamente pronta para seguir a rota de fuga que planejou ao Planeta Água. Ela sabia que não podia falar para as meninas sobre o plano, pois elas iam querer ir também e isso poderia atrapalhar sua estratégia. Não era possível as meninas acompanhá-la. O que os pais das garotas iam dizer? Não! Não era possível. Clara achou melhor guardar o segredo e ir sozinha. Somente Nino, seu melhor amigo, guardião, sabia dos objetivos da menina.

Não era fácil dizer não à garota. Sempre confiante e decidida sobre seus paços, estava determinada. Tinha certeza que ia dar certo ir ao Planeta H2O e que ia encontrar uma maneira de chegar lá. Os dinossauros, jacarés, leões e elefantes que imaginava encontrar lá não saiam de sua cabeça e coisas mais incríveis como espécies nunca vistas. As pistas que a levavam a descobrir o Planeta deixavam-na sempre animada e entusiasmada.

- CAPÍTULO 9 -

Estrelas

Quando Clara desapareceu, muitas coisas estranhas começaram a acontecer. Os Nerds, vizinhos mais próximos do senhor e senhora Immediato, que também moravam próximo à rua Esquina Torta, tinham em frente a sua casa ruas largas de espaço amplo, que ficavam em cima da montanha. A casa era próxima à costa litorânea de Palermo e tinha também algumas pedras rochosas próximas. Dava para ouvir o barulho do mar das ondas batendo nelas.

Nesse dia, eles começaram a ver objetos anonimatos. Comportamentos suspeitos. Era noite, as estrelas no céu brilhavam como nunca, dava pra ver a lua realçando.

De repente, da janela do seu quarto, senhor Nerd viu, no mar, um golfinho conversando com uma tartaruga.

– Será que eu estou enxergando bem? Acho que preciso trocar meus óculos. – Brincou senhor Nerd.

– Por que, querido? O que está vendo agora? Não me diga que são gaivotas voando? – respondeu em tom sarcástico a esposa, senhora Nerd.

– Se eu te contar, você não vai acreditar...

Os dois animais pareciam estar ali, frente a frente na costa há um tempão, tagarelando. Mas, não pareciam estar muito contentes.

– Veja, o golfinho e a tartaruga estão conversando. Eles parecem estar falando sobre as casas aqui de cima das montanhas. Olha, eles estão olhando para cá...

– Amor, não estou vendo nada disso. Não deve ser nada de mais. Pode ser que golfinho tenha se perdido do grupo, encontrou alguém semelhante, animal aquático, e está se distraindo, batendo papo. Logo mais retornará ao mar aberto. Você vai ver. Agora, vamos dormir.

De olhos arregalados e mais confuso do que nunca, senhor Nerd achou melhor concordar com a esposa. Ele não tinha muita escolha. Ele não ia lá perguntar as horas para o golfinho e a tartaruga.

– Está certo. Deixa eles lá. Boa noite, querida.

– Boa noite, meu amor. Dorme bem. - Despediu-se aliviada a senhora Nerd ao ver o marido descansar.

Nesse dia, sr. Nerd estava exausto, capotou em sono profundo. No dia seguinte, continuou a fazer seu trabalho que era de organizar livros em sua livraria, a mais famosa da cidade. A "Flocks Book". Em homenagem ao filho, os Nerds colocaram o nome dele na livraria. Amigo de Clara, eles estudavam na mesma escola.

– Bom dia, senhor Nerd. Me atrevo a dizer que o senhor está de bom humor hoje, acertei? – disse dona Arruda, irônica e quase sempre rabugenta.

— Prefiro dizer que a proximidade do verão me deixa assim, otimista.

— Como já deve saber, a menina dos Immediato sumiu há dois dias.

— Sim. Estamos todos atentos às notícias. O jornal local também já deu a informação.

— Essas crianças mal criadas que ficam na rua o tempo... Só podia dar nisso. - Resmungou dona Arruda.

A senhora Arruda, vizinha pentelha dos Immediato, como gostavam de chama-la, a Patrulha Salvadora, amigas de Clara, era bastante petulante e arrogante. Quando o assunto se referia às crianças da rua Esquina Torta, nº 49, ela tinha um ar de supremacia ambulante. Isso incomodava as pessoas a sua volta. Ela se achava melhor do que os outros e zombava das pessoas como se elas não se importassem. Ela costumava implicar com quem se aproximava por pura diversão.

Naquela tarde, a livraria vendia livros a todo vapor, senhor Nerd não se aquietava com relação à conversa do golfinho e da tartaruga que não se cansavam de estar em frente à costa marinha, tagarelando. Será que eles sabiam o paradeiro de Clara?

— Enquanto eu viver nesse mundo, duvido que algo extraordinário como um universo diferente do nosso exista. Duvido que eles saibam aonde Clara está e tão pouco entendam as projeções do que acontece além do mundo real. Francamente. - Resmungou dona Arruda que era cliente e vizinha dos *Flocks Book*.

— Ora, dona Arruda, eu não descarto a possibilidade de existir não. Ontem mesmo eu vi um golfinho e uma tartaruga na orla daqui, conversando.

— Ah, isso eu duvido. - Descartou dona Arruda a hipótese de haver alguém a mais que falasse a língua dos homens neste Planeta.

— Ora, pois eu não. - Respondeu senhor Nerd. convicto.

Seria muita prepotência achar que o golfinho e a tartaruga sabiam algo a respeito do sumiço de Clara. Por isso, senhor Nerd estava decidido a, no período da noite, ir à costa marinha de sua casa verificar tal fato para investigar. Afinal de contas, a família da menina estava desesperada querendo notícias da garota.

- CAPÍTULO 10 -

O Informante

Não satisfeito com as informações que tinha, os Immediatos estavam à beira de um ataque de nervos por causa do desaparecimento da menina. O senhor Praxedes parecia saber alguma coisa, mas não queria falar.

- Clara está bem, mas ela não volta mais. – Afirmou sr. Praxedes.
- Como assim? Minha filha. Não. Não. Não. Senhor Praxedes, como tem tanta certeza? Perguntou intrigado, Senhor Immediato?
- Ora, os Unis assumiram a responsabilidade do Planeta Água. Eles são os donos de lá e da escola mais famosa do mundo de mutantes. E, como evolucionistas e super poderosos, estão cada vez mais investindo na criação de novas e antigas espécies de animais e humanos. Imagino que Clara já deve estar treinando dinossauros. Muito provavelmente.
- Que maravilha! Minha filha vai virar domadora de répteis.
- Sim, senhor. Digo, não senhor. Há várias falácias acerca dos mistérios escondidos com relação ao Planeta Água. Muitos dizem que os dinossauros e os jacarés são resultado de pesquisas, invenções, que eles deram origem, a mais de 248 milhões de anos, a era Mesozoica marcada pelos períodos Triássico, Jurássico e Cretáceo. – Disse Praxedes explicando mais detalhes sobre o acontecia em H2O.

– Por milhões de anos, o Planeta ficou escondido dos cientistas tendo em vista a não comprovação científica dos fatos por quem já tinha ido lá. Somente com o surgimento de alguns humanos especiais que seriam os Unis, a população de mutantes com super poderes, "especiais", que seria possível escolher aqueles auxiliariam as pesquisas da evolução dos bichos. Já ouvi falar que eles vivem em um parque maravilhoso, onde as flores são super coloridas, fluorescentes, e as árvores enormes. Sei também que tudo se comunica muito bem, as nascentes de água se encontram com a terra formando cachoeiras em um vale encantado, cheio de rochas, pássaros e borboletas. – explicou

Praxedes que era professor na Escola de Mutantes e dono do Jornal dos Unis.

– Caramba, senhor Praxedes. Que incrível! O lugar deve ser mágico. – Respondeu senhor Immediato surpreso com a novidade.

Enquanto isso, Senhor Nerd que também estava na casa dos Immediato no momento que senhor Praxedes estava falando sobre o H2O, sentiu vontade de ir no banheiro. Ele estava intrigado com tudo aquilo. Era muita novidade em um dia só. E, refletindo tudo aquilo que tinha como imaginação em sua cabeça, levantou-se, silenciosamente e foi andando bem discreto até o lavabo, impressionado com a possibilidade de existência de um povo chamado Unis viver em outro Planeta. Ele já tinha ouvido falar sobre o assunto, no passado. Quase todo mundo de Palermo. Mas, achava que era especulação. Porém, agora tal fato tinha se confirmado.

Ao voltar do banheiro, no entanto, quando pisou na sala dos Immediato, Praxedes sumira, num piscar de olhos. Scabum!

–   O que aconteceu? Que tipo de brincadeira é essa? – perguntou senhor Nerd sem entender o sumiço de Praxedes de repente.
–   Mutantes, eles também são mágicos, ele deve ser um Unis. – Disse senhora Immediato chocada com o fato.

Os Immediatos ficaram impactados com o sumiço de Praxedes, o rapaz misterioso que apareceu dando pistas sobre o desaparecimento de Clara, calvo, pacato e de vestes simples. Quem podia imaginar? Por isso, a melhor opção era investigar as informações que ele deixara. Além disso, os fatos estranhos como o reconhecimento do golfinho que conversava com a tartaruga em frente à costa do litoral parecia ser um caminho que pudesse levar ao encontro de Clara. Após senhor Nerd ter mencionado o fato, a família achava que o encontro poderia trazer pistas mais claras sobre o paradeiro da menina.

Tendo em vista que os Senhores Nerds e Immediatos viviam atarefados com os trabalhos, era difícil entender como tudo aquilo estava acontecendo.

—   Querida, eu tenho uma entrega de manteiga para fazer à Nápoles. Não posso ficar aqui. Preciso trabalhar. Você promete achar nossa Clara. – Disse o senhor Immediato.
—   Claro. Eu vou achá-la. Eu tenho certeza que ela há de aparecer. - Responde a mãe da menina.
—   Eu vou e volto em dois dias. Faço a entrega e volto.

Senhora Immediato não sabia o que fazer. No dia seguinte, correu em direção à casa dos Nerds para pedir ajuda, pois, diante doa cenário tenebroso, não era possível ter uma chama de esperança. Ela precisava do apoio deles.

- CAPÍTULO 11 -

A Viagem

Senhor Immediato carregou o caminhão de manteiga e saiu em direção à cidade de Nápoles. Seria muito prematuro achar que os mistérios que aconteciam em Sicília seria apenas o desaparecimento de Clara. A família toda da menina não pensava em outra coisa senão encontrá-la, mas por enquanto não seria possível fazer mais nada além do que estavam fazendo.

Senhor Immediato pegou a estrada logo cedo. Não eram nem 5 horas da manhã quando, dentro do caminhão, o capitão se despediu da rua Esquina Torta, nº 49. Seria prudente ele ir à delegacia falar o que acontecera à Clara? Seria verdade o mistério que estava a ser desvendado? Helly Immediato não podia pestanejar e nem errar. Era melhor confiar nas pistas e testemunhas que tinha a pensar que tudo aquilo era fantasia. Não. Não mesmo. Ele seguiu confiante dirigindo o caminhão da fábrica de manteiga, pensando em encontrar a melhor solução para ajudar a esposa.

Dona Quetinha, avó de Clara, estava confiante que tudo iria se resolver.

- Eliza, me responda uma coisa. Você sabia que Nino anda conversando com Bella, a gata dos Nerds? – disse a mãe de Clara à filha sobre a conversa que os gatos estavam tendo.
- Não, mamãe. O que eles vêm conversando? – respondeu a senhora Immediato, curiosa.
- Não sei exatamente o quê? Nino e Bella andam lendo jornal em cima do muro da casa dos Nerds. Acho estranho. Ontem mesmo eu o vi lendo jornal para ela.
- Olha, que graça. Fascinante. Será que eles sabem alguma coisa sobre Clara? Sobre o Planeta Água?
- Sim, com certeza eles sabem, mas eu não sabia que o gato lia jornal. - reclamou dona Quetinha sobre a conversa entre os gatos.

Coisas estranhas estavam parecendo normais. Gato lento jornal para o outro e golfinho conversando com tartaruga.

Mesmo assim, a vida em Palermo caminhava apavorante por causa do sumiço de Clara. Nino estava muito desapegado das coisas. Despreocupado. Ninguém lhe havia perguntado mais nada. Ele andava feliz e contente muito pelas ruas da cidade e lia o jornal como de costume todos os dias pela manhã em cima do muro.

- Nino, vem aqui. Preciso que você me diga como chegar ao Planeta Água. Como podemos ir até lá? - Senhora Immediato perguntou intrigada ao gatinho de Clara.
- Eu não sei. - Respondeu, Nino. Eu acho que talvez o golfinho que está com a tartaruga na beira do mar possa ter a resposta.
- E como podemos encontrá-lo? Aonde ele fica?
- Hoje, no final do dia, ele estará na frente da casa dos Nerds. - Garantiu Nino.

Dona Quetinha tinha razão. Nino sabia mais das coisas do que todo mundo. Deu a melhor informação de todas à senhora Immediato. Era tudo que ela precisava saber para ter mais pistas da filha.

— Mal posso esperar para falar com eles hoje à noite. - Disse dona Immediato.

A ideia de que o golfinho podia saber o paradeiro de Clara moveu montanhas rapidamente e chegou aos ouvidos de senhor Nerd. E, a antipática senhora Arruda, assídua leitora da *s Book*, foi logo falar com o vizinho, dono da livraria...

— Senhor Nerd, o senhor já deve estar sabendo do encontro fabuloso que haverá hoje à noite, entre o golfinho e a tartaruga, não é mesmo?
— Não, que encontro?
— Chame a TV local. Será o encontro do ano, ou melhor, do século. Provavelmente entrará para história como o mais famoso da Itália. Estou com o pressentimento de que o encontro irá alcançar o Reino Unido e toda Europa.
— E, a que hora será o encontro, dona Arruda? - perguntou intrigado senhor Nerd. — Me fale mais sobre o assunto. Explique isso direito, por favor.
— Como o senhor sabe, Clara está desaparecida tem uns dias. Desde então, os pais, a escola e os amigos mais próximos da menina estão à procura dela, sem saber aonde ela pode estar. No entanto, há o burburinho de um golfinho e uma tartaruga que virão aqui hoje conversar com a comunidade sobre o lugar aonde a menina possa estar.

Depois da senhora Arruda explicar tudo que estava acontecendo, Senhor Nerd correu para a emissora local de televisão do país, Sicília TV, que era instalada próxima à livraria dos *s Books* e os contou o que estava previsto acontecer. Uma entrevista com o golfinho e a tartaruga foi a pauta que o senhor Nerd vendeu à TV italiana internacional, que já pensava em transmitir a reportagem para a TV inglesa e europeia.

— Temos a notícia que vai mudar a história da humanidade, editor. Hoje em Palermo haverá o depoimento de moradores do fundo do mar acerca do desaparecimento da menina da rua Esquina Torta, nº 49.

— Ah, eles vão falar sobre Clara... Sim. Toda Itália já está sabendo dessa notícia. Então, os moradores do fundo do mar estarão aqui hoje? – perguntou Senhor Munhoz, o diretor de redação da TV.

— Isso mesmo – disse o repórter – um golfinho e uma tartaruga estarão em frente à costa da marinha mais tarde.

— Eu não sabia que animais marinhos se comunicavam em uma linguagem acessível a humanos. Desde quando isso acontece? – perguntou Monhoz, curioso.

— Editor, não sei. Sei que não perco esse furo de reportagem por nada. A matéria é minha. - Garantiu o repórter Pontes de Leon.

— Pois, fale com a equipe de reportagem. Eles vão com você fazer a cobertura completa do depoimento. - Afirmou Munhoz.

Em menos de segundos, jornais locais, nacionais, internacionais, TVs e rádios do mundo todo, já estavam sabendo. Não havia expectativa sobre o futuro, somente o que era previsto acontecer naquela noite. Eles não tinham "gaveta", termo coloquial do jornalismo acerca de um fato famoso que se deu ou se dá acerca de algo como morte, nascimento ou pessoa. A "gaveta" fica guardada, armazenada, para casos como esse, de ser quase em cima da hora o acontecimento, dessa forma, a redação já se antecipa com algo preparado e na mão. É como uma gaveta de roupas de festa guardada para ser usada especificamente quando houver uma.

Era quase 18h30 da noite. Milhares de pessoas já estavam começando a se aglomerar próximo à Praça do Centro de Palermo para ir caminhado até a marinha que dava para frente da montanha próxima à rua Esquina Torta nº 49, rua dos Immediatos. A senhora Immediato estava ansiosa acompanhada de sua mãe, dona Quetinha e Nino. Senhor Immediato não estava, tinha ido fazer entrega de manteiga em Nápoles.

20

– Bendita hora que Helly decidiu viajar. Agora vamos eu e você, mamãe, sozinhas, ter que lhe dar com a imprensa, pessoas curiosas, querendo saber de Clara. Fico nervosa. Estou tão cética a tudo isso que vem acontecendo. Queria muito ele aqui do meu lado agora. - Reclamou senhora Immediato sobre o marido.

– Não se preocupe, minha filha. Vamos juntas. Ele tinha que ir trabalhar, logo mais estará conosco e, tenho certeza, teremos boas notícias para dar-lhe. - Tranquilizou a avó de Clara à filha.

Aos poucos a multidão começou a ganhar espaço...

– Atenção todos aqui presentes. Por favor, vamos ter calma nesse momento inédito que Palermo vive...

Nessa hora várias emissoras de TV já estavam posicionadas em frente ao mar da rua Esquina Torna, nº 49, para pegar as melhores imagens e depoimento do golfinho e da tartaruga.

– Povo de Palermo, precisamos entender que todos nós estamos apreensivos e preocupados com o desaparecimento de Clara. Entendemos que esse é um momento delicado para a família da menina e, por isso, queremos apoiá-los e ajudá-los da melhor maneira possível. Há anos Sicília tem a estranha fama de desaparecimento de crianças que são levadas para um suposto Planeta chamado Água. Não temos evidência científica que prove tal fato, por isso, não podemos comprovar que Clara tenha sido levada para lá. – Senhor Nerd disse enfático à multidão que fora à orla saber notícias novas e estranhas sobre o ocorrido.

– É falso! É falso! Não existe Planeta Água algum. Nunca houve animais estranhos que habitam a Terra. Isso é magia falsa que as pessoas estão querendo fazer com a gente, nos persuadindo. Não vamos deixar isso acontecer. – Disse um interlocutor que estava na multidão.

– Senhoras e senhores, calma. Muita calma nessa hora. Peço a compreensão de todos e o silêncio para que possamos todos caminhar com parcimônia até a beira-mar. Haverá um comunicado.

— Senhor, como um golfinho vai falar com uma tartaruga? Você vai com ele até o encontro de Clara? – Perguntou um morador zombando de senhor Nerd.

— Meu caro, se necessário for, vou sim. Não vejo problema, mas não creio que devemos adiantar os fatos. É preciso esperarmos para ver o que vai acontecer. Vamos aguardar para ver se eles vão nos dar alguma pista sobre o destino de Clara. – Disse senhor Nerd.

O Planeta Água era algo inesperado pela maioria das pessoas. Os Unis, população que vivia lá, não eram humanos inteiramente, eram mutantes, meio animal e meio humano, dotados de superpoderes, dominavam o Planeta Água. Eram eles os donos da *Escola de Mutantes,* a égide da evolução dos bichos e que dava treinamento de desempenho aos habitantes.

- CAPÍTULO 12 -

Encontro de Mutantes

Chegou o grande momento. Familiares, amigos, televisão, estavam todos em frente ao mar esperando o golfinho e a tartaruga chegarem.

- Eita, olha ali. Eles estão se aproximando. Não é possível! – Todos duvidavam do tal encontro de animais e humanos em uma pequena cidade da Itália para relatar o fato do desaparecimento de um morador, a doce Clara.
- Olá, como vai o senhor? – perguntou senhor Nerd ao golfinho que acabara de chegar.
- Tudo bem, obrigado.

Logo atrás do golfinho vinha a tartaruga marinha. Um super veloz e outro super lento.

- Obrigado por terem vindo. Estamos aqui hoje porque procuramos uma garota que desaparecera da cidade. Seu nome é Clara, tem 7 anos de idade e sumiu na noite de ontem. Por acaso, alguém de vocês sabe da garota? - perguntou senhor Nerd aos recém chegados animais marinhos.
- Sim. Sei, sim. Me chamo Zeus e garanto ao senhor que a menina está bem. – disse o golfinho

Ohhhh, murmuraram as pessoas que estavam ali acompanhando a conversa entre senhor Nerd e Zeus. Todos arregalaram os olhos e se olharam surpresos esperando respostas.

- Porém, não posso trazê-la de volta. Ela está no Planeta Água, um planeta próximo à Terra e para chegar lá é preciso ter uma varinha mágica que somente os Unis têm ou passar por um trecho muito profundo no mar com um batiscafo, que é operado pelos Unis. Esse último meio seria a melhor maneira de levar um de vocês até lá.

Para quem não sabe, batiscafo é uma embarcação tripulada submersível, geralmente esférica, utilizada para exploração de coisas no fundo do mar, de grande profundidade.

– Eu! Gritou lá no fundo da multidão. Era um amigo de Clara. - Eu vou. Conheço Clara e tenho certeza que a reconhecerei ao chegar lá, ao vê-la.
– Muito bem, então vamos comigo, responde Zeus que assobiou e, em dois segundos, chegou o batiscafo.
– Calma. Espere. Você é menor de idade. Filho, você tem certeza que quer ir? Eu e sua mãe não podemos deixar a livraria aqui e ir com você. Você quer mesmo ir? - pergunta o senhor Nerd ao filho.

Flock era criança. Tinha acabado de fazer 10 anos. A mesma idade que Clara. Como sair assim, um menor de idade, para ir há um planeta desconhecido que ninguém da Itália nem do mundo até então tinha ido, que todos duvidavam e ninguém sabia se ele de fato existia. Como fazer isso? Era muito arriscado. Os pais dele ficaram com medo de deixar o filho ir.

– Senhor, nesse caso, como ele é menor de idade, abrimos exceção para mais alguém, maior de idade, acompanhá-lo. A nave submarina é pequena, mas acredito que nosso piloto não se importará em levar mais uma pessoa, - disse o senhor Pindamonhangaba, a tartaruga.
– Meu Deus. Onde vamos parar? Tudo bem. E ele tem arrais? Espero que sim. – perguntou Dona Arruda.
– Sim, ele tem - respondeu aos risos, a tartaruga.
– Eu vou! - gritou dona Arruda. A senhora era uma pessoa dificílima de lhe dar. Cerca de 99,9% do dia ela estava de mal humor. E, era especialista em infernizar a vida das pessoas.
– Não! Dona Arruda, não. - Pensou em silêncio.

– Ok. Está bem. Estamos acertados. Vai com a supervisão de dona Arruda. - disse a Pindamonhangaba, a tartaruga, autorizando a embarcação da senhora com o menino.

Era noite, todos amontoaram-se para ver a despedida de Flock e dona Arruda no batiscafo que saiu mais rápido do que chegou. O batiscafo parecia uma máquina do tempo que tele transportava humanos para outro planeta. No entanto, o tempo não seria alterado e sim um aliado da família Immediato que sonhava com notícias de Clara.

No dia seguinte, Immediato retornara de viagem. Tinha ido vender manteiga para algumas fábricas próximas à Palermo e contava os minutos para encontrar a esposa e ter novidades da filha.

– Querida, querida. Me diga que tem boas novas? - perguntou senhor Immediato ao chegar das entregas que fez à cidade de Nápoles.
– Nada, meu amor. Nada. Não tivemos notícias novas. Somente que Flock e dona Arruda foram levados por um golfinho e uma tartaruga em um tipo de submarino...
– O quê? Que brincadeira é essa?
– Não é brincadeira. É verdade. Eles embarcaram, todos eles, Zeus, o golfinho e Pindamonhangaba, a tartaruga, em um batiscafo, embarcação submarina que faz mergulhos profundos em alto mar. – informou dona Immediato ao marido.
–

Estarrecido estava, estarrecido ficou o senhor Immediato.

Enquanto isso...

No fundo do mar...

– Atenção tripulação. Segurem-se firme que nós vamos mergulhar. - gritou Pindamonhangaba.

A temperatura do fundo do mar chegava a 5º C. Zeus e conversavam sobre armas. Zeus dizia a que, antigamente, há milhões de anos, muitas espécies de golfinho foram mortas e extintas pelo homem que caçava com armas de flecha, mas que depois de exterminados quase todos eles, na Mesopotâmia, os golfinhos aprenderam a lutar e a sobreviver da maneira que podiam.

– Quando vamos sair para caçar, nós nos reunirmos e nos juntamos para enganar os cardumes. É muito simples a nossa maneira de sobreviver. – Explica o golfinho.

– Como?

– Nós ficamos andando em círculos, bem rápido, um atrás do outro, até conseguirmos prender o cardume todo.

– Caramba. Que incrível. E de qual espécie vocês são? Achei você mais veloz do que o normal quando te vi nadando junto aos membros do grupo. - disse.

– Sim, sou um *ictiossauro*, muito semelhante à espécie do golfinho. Um réptil que viveu no período Triássimo aqui no Planeta Terra, mas que é vivo e existe atualmente no Planeta Água.

– Olha, que incrível. Fera demais. Interessante.

– Você vai ver... Lá no Planeta Água todos os dinossauros vivem uniformemente e variados, juntos. Se comportam de maneira muito sociável e têm, alguns deles, seu Unis. - explicou Zeus sobre como é a vida dos dinossauros ainda vivos no Planeta Água.

Enquanto Zeus conversava com sobre o H2O (O Planeta Água era assim também chamado em referência à quantidade de água existente no Planeta), Pindamonhangaba e senhora Arruda não paravam de brigar lá dentro do batiscafo.

– Não é possível que tartarugas falem, nem tão pouco golfinhos. Onde já se viu seres tão diferentes de nós acharem que são semelhantes a nós. O mundo está perdido. Diga logo que tudo isso é uma falácia e que essa viagem é uma farsa para que Sicília tire a atenção que está dando ao desaparecimento de Clara. Diga logo de uma vez por todas. - Resmungou dona Arruda a respeito dos tripulantes da nave submarina.

– Senhora, o Planeta está logo ali. Peço que tenha um pouco mais de paciência, pois estamos com uma tripulação de quatro pessoas e muita gente viajando junto assim, tão profundo, em alto mar, exige que tenhamos bastante cuidado. Além disso, peço que se segurem na cadeira pois, em breve, vamos voar. - Disse o piloto Pindamonhangaba.

– Voar?

– Isso mesmo. O batiscafo vai bem fundo, bem fundo em alto mar e passa para o outro lado do Universo em formato de aeronave, se transforma em um foguete, em segundos, para que possamos entrar no espaço do Sistema Solar, atravessando pelo fundo do mar. – explicou em detalhes o piloto sobre a transformação que a nave passaria antes de entrar no sistema solar.

– Uau, meu Deus.

E quando mal piscou os olhos, o batiscafo virou uma espaçonave. Toda engenharia mecânica feita pelos Unis estava a caminho de casa.

– Oh, meu Deus. Estamos voando. - Disse surpreso com a transformação do batiscafo em foguete.

– Isso mesmo, meu jovem. Segure-se firme que logo mais estaremos no Planeta Água - respondeu Pindamonhangaba, da aeronave.

– Nossa! E como é lá, Pinda? - perguntou eufórico Flock?

– Ah, o Planeta é um sonho. Há milhares de artefatos, montanhas, bichos gigantes, lagos cristalinos e muita natureza, água em abundância. Os rios e mares são extensos e encantadores. Tudo se comunica muito bem e não há nada com o que se preocupar. Os frutos e a comida são fartamente oferecidos pelo Planeta.

– Minha nossa, tudo parece demais. Mas e Clara? O que está fazendo lá?

– Clara, está com a mãe Unissa. É a rainha dos Unis, povo nativo do Planeta que se corresponde com os dinossauros e demais espécies.

– Olha. Que legal. - Respondeu impressionado.

– Não vejo a hora de chegar. Esse avião balança demais – falou dona Arruda logo ao lado do garoto.

Quanto mais a tripulação falava em chegar ao Planeta Água e aterrissar a aeronave, mais os amigos de Clara temiam a chegada. Tudo daquilo era novidade e não existia nada naquele mundo que fosse tão sobrenatural como aquela viagem. Sicília já não existia mais. Os familiares de Clara, senhor e senhora Nerd, tinham ficado para trás... E, estavam se perguntando: Será que Clara se adaptou? Queria sair de lá? Será que isso tudo era mesmo verdade? Eles mal podiam esperar para chegar ao Planeta que tanto falavam...

Enquanto a aeronave se aproximava do Planeta Água, os amigos de Clara e sua família estavam todos aflitos esperando notícias da menina em Palermo.

- Toc! Toc! Toc!
- Alguém bate à porta.
- Deixe querida, eu abro - disse senhor Immediato.
- Oi, tio, como vai?
- Oi, Juliana, tudo bem e você?
- Estou bem. Vim ver Clara, ela já apareceu?
- Não, ainda não. Ela está bem, até onde sabemos, no Planeta Água.
- Hum. É que uns dias antes de Clara desaparecer ela estava lá em casa brincando comigo e Priscila. E achei que ela pudesse ter ido embora daqui porque eu coloquei ela para ser o Ken, o namorado da Barbie.

Senhor Immediato deu um sorrido leve... – Claro que não, menina, que bobagem. Lógico que não. Clara já é uma boneca por si só. Não precisa fingir ser a Barbie. Talvez por isso não tenha se importado em ser o Ken.

Na mesma hora Juliana pensou. – Nossa! Que resposta inteligente do senhor Immediato. E não é que ele tem razão mesmo.

- Ufa. Que bom! - a menina responde aliviada.

– Que bom, menina. Pois agora vá para casa que está ficando tarde. Seus pais podem se preocupar de você estar na rua até essa hora.

– Sim. Tchau, senhor Immediato.

– Tchau, tchau, criança. - Despediu-se o pai de Clara de Juliana.

E, assim, Juliana foi para casa. Ela queria imaginar que a garota estivesse em algum lugar perto dela para que pudessem estar mais próximas.

Unis

Enquanto a aeronave sobrevoava o espaço a caminho do Planeta Água, Clara treinava suas habilidades na *Escola de Mutantes*. Os dinossauros que andavam por lá magnificamente se cruzavam em meio a montanhas e pessoas.

Os Unis estavam a todo vapor. A comunidade que detinha a Escola mais famosa de mutantes do mundo inovava diariamente em conceitos, lógica e ciência. Todos os dias o racionalismo entre os mutantes correlacionado às pesquisas com diversidade de matéria-prima natural e animal respondiam aos desafios que o Planeta os colocava à prova, em abundância.

– Ted, me dá a semente!

– Pega!

– Corre! Corre!

– Ela vai germinar em você.

– Ah, ela me pegou.

– Burro! Você foi muito devagar. Não é assim que se faz, - reclamou Rick. Quando ela der o primeiro fruto você vai poder tirar ela e passar para água, explicou.

Ted tinha sido pego pela *lavandula*. A *lavandula* era uma planta que quando é inserida na pele gera uma flor e, só pode ser transplantada para a terra depois de gerar o primeiro fruto. Era comum, em tempo seco, como o que fazia em Água, as sementes, de tão duras e secas, pularem do asfalto, do chão para algum lugar, como se estivessem andando ou também serem levadas pelos pássaros, naturalmente, para outros lugares aleatórios, como acontece quando eles se alimentam de sementes e defecam em algum lugar.

E foi o que tinha acontecido com Ted. Depois de duas semanas mais ou menos, a *lavandula* poderia ser tirada do seu braço e plantada na terra. Antes disso, ele teria que ficar com ela no braço e esperar ela crescer ali, linda e forte.

Rick, amigo de Ted, era um dos meninos superdotados do Planeta Água. Os Unis o chamavam de prodígio, pois sua originalidade diante das questões que a vida apresentava era sempre pertinente. De pensamento lógico sobre as realizações do comportamento humano e apaixonado por matemática, detinha um talento nato pela matéria. Além de estudar e se destacar no assunto, tinha a racionalidade como sua aliada.

As crianças dos Unis eram diferenciadas. Os superpoderes que detinham eram sobrenaturais. Possuíam um talento fora do comum e uma inteligência excepcional. Rick tinha o poder de voar. Já tinha ido ao planeta Terra há muitos anos quando era criança na sua outra vida. Ele tinha 12 anos de idade, mas já havia morrido dezenas de vezes. Teve sua vida recuperada devido aos bons feitos e resultados exemplares que possuía. Logo, sua idade, na vida real, se humano fosse, seria de milhões de anos. Porém, tinha seu envelhecimento sempre retardado, sua aparência física era de um jovem menino. Nem todos os *Unis* detinham esse poder. Por isso, os mais especiais destacavam-se pelos feitos extraordinários e conquistas, ganhavam prêmios que eram dados como "prolongamento de idade", extensão do tempo. Os Unis tinham quase a mesma idade dos dinossauros e alguns eram também imortais.

Apesar das habilidades excepcionais que possuíam, não conseguiam desvendar um dos maiores mistérios de uma das aulas, a de Biologia, da *Escola de Mutantes*, que explicava um pouco a herança dos dinossauros. Como eles tinham chegado ao Universo e porque na Terra, planeta vizinho deles, eles foram extintos a 240 milhões de anos? A *Escola de Mutantes* e os pesquisadores trabalhavam buscando entender isso. Esse assunto e outros, como a adaptação das sementes em humanos passíveis de germinar na terra e sua reprodução.

    – Como é que isso é possível? - pergunta Clara, curiosa?

    – Ora, sendo. Você não conhece a Teoria da Ação e Reação? - explicou Rick perguntando à menina sobre Biologia.

    – Claro que sim.

    – Então, pois, a matéria, semente, encontra-se com a água do corpo e gera vida. – Diz Rick. – Nesse caso, quem fará o papel de construtor será o Ted.

    – Sim, sim. Claro. Mas, não me refiro ao corpo dele gerar vida para a planta. Me refiro à semente. Como ela poder gerar vida a partir de outra vida? - questiona Clara intrigada com a possibilidade de uma planta ser germinada no corpo de alguém.

    – Porque você não fala sobre isso com o professor Guga. Pergunta para ele na aula amanhã, ele, com toda certeza do mundo, vai te explicar melhor o funcionamento do processo de germinação da *lavandula* no corpo. - Garantiu Rick à Clara.

Morrendo de raiva de Rick, Clara concordou com Rick. Guga era o professor de Biologia, simpático, alegre, porém meio maluco às vezes. Ele estudava as químicas que o corpo de alguns *Unis* detinham como voar e se teletransportar. Ele tinha uma didática incrível também com os alunos e a forma como dava a aula fazia com que as crianças aprendessem mais, estimulando a curiosidade e o pensamento delas.

Clara, então tinha uma porção de dúvidas sobre quase tudo.

O dia seguinte...

    – Professor Guga, como uma semente pode crescer no corpo de uma pessoa? – perguntou a menina curiosa sobre o episódio que tinha elucidado a dúvida em sua cabeça, com Rick, no dia anterior, sobre a Lavandula.

    – Clara, minha querida, é muito simples. Funciona assim. Temos a pele, que é o maior órgão da pele humana, certo?

Esse órgão possui a derme, que é o tecido que protege toda a camada bege sobreposta ao organismo. Aí, quando acontece de uma semente germinar no órgão que não é humano e sim, mutante, como são os *Unis*, ela se autorreproduz, gerando vida sobre a própria pele. Porém, é expulso do corpo depois que o fruto nasce. É como um vírus que sai com o tempo do corpo, depois de ser rejeitado? Assim funcionam as plantas quando germinadas nos *Unis*.

– Uau, que estranho. Bem bizarro. – Respondeu Clara sobre a explicação de Guga.

Clara estava satisfeita com a resposta do professor, mas questionava-se ainda se passaria por isso um dia ou não, e por que não?

Rick apesar de muito inteligente não tinha muita paciência quando o assunto era Clara. A menina tinha chegado a pouco tempo no Planeta Água, era muito curiosa, inquieta e questionava tudo. Não se dava por satisfeita com qualquer instrução e era muito exigente aos seus argumentos.

No final do dia, depois da aula, os gênios de Clara e Rick estavam mais calmos. Era hora de descansar, dormir.

Na semana seguinte, seria a tão esperada aula sobre a origem dos dinossauros.

- CAPÍTULO 13 -

Dinossauros

O dia estava lindo. Era verão. O céu estava claro, sem nenhuma nuvem, escaldava de tanto calor. Os passarinhos sobrevoavam as árvores super animados, cantando, anunciando a chegada do inverno. As cores das folhas que caíam das árvores já não estavam mais tão verdes, o marrom começava a sobressair e a se espalhar pelas ruas, dando espaço para a neve que estava chegando. O vento que batia nas folhas fazia-as andar por longos trechos à procura de sombra, pois agora era o momento de se unirem para esperar o tão esperado frio que chegava.

Apesar de deter uma quantidade enorme de mar, rio e lagoa, boa parte do Planeta Água era de terra plana. As ruas por onde passavam as pessoas e os veículos aéreos e terrestres, largas e esparsas, misturavam-se com os bosques e avenidas. Era tudo bem alinhado e organizado.

Apesar dos vales cheios de água, as criaturas sentiam muito a falta de vento e umidade. As estações eram bem definidas e a natureza respondia corretamente às expectativas dos *Unis*. Na primavera e no verão, a água parecia pegar fogo de tão quente. Já no outono e inverno, a neve castigava quem não andasse de agasalhado. Mesmo assim, os dinossauros andavam comendo as folhas das árvores mais altas que tinham mais de 30 metros de altura. A estatura do maior dinossauro que existia, o *Sauroposeidon*, chegava a pesar 60 toneladas, tinha o pescoço que media 12 metros.

– Littlefoot! Littlefoot! Venha correndo... – disse Rick chamando o dinossauro que treinava.
– Mohr... Mohr... – responde *Sauroposeidon*. O ruído do dinossauro, embora fosse grave, não traduzia o tamanho da força do animal. Os bichos, em sua maioria, eram muito dóceis.
– Veja o que temos aqui... São pegadas de *Chasmossauro*.
– Uau, pegadas de *Chasmossauro*. Que fera! Para onde será que ele foi? –perguntou Ted à Rick.
– Não sei. Provavelmente está indo caçar. – respondeu Rick sobre as pegadas que encontrara do dinossauro.

Littlefoot era o *Sauroposeidon* que Rick treinava para ser seu. O dinossauro ainda era filhote e, por isso, não podia ter a licença para servir o garoto. Os dinossauros que eram retirados de suas famílias quando pequenos para servir os *Unis* eram treinados pelo dono para estar perto e protegê-lo. Nesse dia, Rick tinha ido ao *Parque Fauna e Flora,* um lugar arborizado, cheio de árvores enormes e um rio grande que cruzava as estradas. As gramas eram planas e bem verdes, tinham algumas flores gigantes também de cores pretas, amarelas, rosas e laranjas, do tipo hibisco, que chamavam muita atenção. Era o reino dos dinossauros, onde eles, depois de adulto, ficavam com os familiares e amigos.

As aulas dos treinamentos com os dinossauros eram feitas por Guga, professor de Biologia. Era ele quem reunia as crianças que, com a autorização dos pais, tinham a tarefa de domar seu dinossauro. Os treinos aconteciam todas às quartas-feiras e as crianças tinham que escolher qual espécie de dragão iam pegar.

Clara estava ansiosa para começar as aulas, mas sentia muita falta da família. Não era fácil morar com as outras crianças que tinham chegado da Terra. Há duas semanas no Planeta Água, parecia ter a impressão de estar lá há anos. O tempo parecia passar diferente do que o tempo da Terra e as lembranças dos Immediatos ficavam cada vez mais distantes.

Ela pensava muito no pai... Nos momentos que ele parava para contar histórias e falar da fazenda. Sentia falta da Patrulha Salvadora. Imaginava as meninas ali com ela brincando com os dinossauros e na *Escola de Mutantes*. Ela sabia que ninguém no mundo jamais acreditaria no que ela contasse sem ver de perto o que estava passando.

Clara temia nunca mais voltar à Sicília. Tinha saudade das montanhas e do mar que eram perto de sua casa. Imaginava Nino brincando e se divertindo com ela nas matas de H2O. Achava que as partes mais inóspitas do Planeta estariam perfeitas com a presença de seu melhor amigo por perto.

Enquanto isso, a aeronave calmamente pilotada por Zeus e Pindamonhangaba levava Flock e senhora Arruda.

- Como você acha que o senhor Nerd ficou com relação a tudo que aconteceu, dona Arruda? Perguntou Flock preocupado com a família dos Nerds.
- Ah, acho que eles está melhor que nós, menino, aqui na nave maluca pilotada por um golfinho e uma tartaruga. Onde você acha que vamos parar? Isso deve ser uma armadilha para nos matar, isso sim. – falou sarcástica dona Arruda ao menino

34

Flock deu risada...

- Você acha que eles vão nos matar? Por quê? – perguntou Flock duvidando da senhora.
- Ora, porque... Porque, sim. Essa história ainda não me convenceu. Planeta Água coisa nenhuma. Eu só acredito vendo. Nada nessa vida me surpreende mais garoto, por isso, penso o pior cenário. - Acrescentou desiludia dona Arruda.
- Certo. Eu não. Eu acredito que vamos encontrar um lugar incrível como um vale encantado e que Clara vai estar nos esperando. Ela vai nos receber e nos fazer voltar à Sicília. – respondeu Flock, otimista,
- Você é muito iludido mesmo – disse a senhora má que não queria acreditar na aeronave e na fantasia que tudo aquilo era para ela. – Não acho que isso vai acontecer e acho também que a garota não está mais viva. Eu não quis falar para o senhor Nerd quando ele convocou a mídia e os jornais para filmarem e acompanharem a recepção que demos a Zeus e a Pindamonhangaba, mas a menina já está morta, sem dúvida.
- Como assim dona Arruda? Por que diz isso?
- Quando Clara desapareceu eu vi, no dia seguinte, um corpo boiando bem próximo à Esquina Torta, rua que os Immediatos moram. Não falei nada para ninguém, pois sei que em Palermo as notícias se espalham muito rápido, mais do que picada de abelha... Por isso, não quis fazer alarde. – disse Dona Arruda assustando Flock.
- Caramba! Não! Não! Não é possível. Eu discordo. A viagem, a aeronave, o golfinho e tartaruga vão nos deixar lá. Você vai ver.

O otimismo pautado nos últimos acontecimentos tentava persuadir dona Arruda que estava convencida de que Clara havia morrido. Se o que a senhora Arruda estiver pensando for realmente verdade, Clara poderia estar morta. Ou teria sido assassinada? Não fazia sentido aquele pensamento absurdo de dona Arruda, pois, se de fato fosse verdade que o corpo que ela vira boiando no mar em frente à rua da Esquina Torta dos Immediatos fosse de Clara, então algo deveria ter sido feito. As pessoas teriam comentado, a notícia teria se espalhado.

E, portanto, isso não teria acontecido. Provavelmente, o corpo da pessoa que ela viu deve ter sido na verdade outra coisa, uma pedra, uma boia, mas não um corpo humano. A probabilidade de dona Arruda estar errada é enorme e, por isso, tinha quase certeza que Clara estava sim, viva.

Dona Arruda sempre foi uma mulher muito amarga, de poucos amigos e muitas intrigas. As pessoas não costumavam solidarizá-la, pois as fofocas que normalmente fazia não eram pertinentes, não condizia com a realidade dos fatos, e isso confundia quem a ouvia.

Dizia a lenda que, em Palermo, uma vez Dona Arruda havia sido vista com um rapaz, na juventude, em meio a praça, proseando. A praça da cidade era cheia de árvores pequenas e bancos próximos de concreto para as pessoas sentarem-se. Alguns carros vendendo frutas passavam de vez em quando com alto falantes em gritando: "Olha a fruta senhora, temos abacaxi, limão, ovos caipira e melancia. O que a senhora vai querer"? Esse era o slogan da propagando que o carro alegórico passava ofertando. O detalhe mesmo foi o rapaz que estava com ela. As pessoas falam que dona Arruda nesse dia estava feliz da vida no seu banquinho embaixo de uma árvore da praça, que fica no Centro da cidade, conversando com Giuseppe, quando de repente, ela soltou um traque em frente ao rapaz. Pera aí, traque? Que isso? Pum, peido, ventosidade anal, ruidosa ou não.

Todo mundo de Palermo sabe da história. Giuseppe saiu desesperado e super assustado. Nunca tinha vivido uma situação daquela e parecia ter morrido de vergonha.

A vida de dona Arruda, então, após o episódio que marcara sua vida por causa do pum, nunca mais foi a mesma. Dizem as más línguas que ela tentou se matar, se jogar da ponte, mas não conseguiu. Giuseppe, o rapaz, sumiu no mundo. Ninguém nunca mais ouviu falar dele.

Enquanto isso, na aeronave...

– Atenção, passageiros. Atenção! Estamos prestes a entrar no sistema solar. Vamos ver algumas estrelas e planetas. Eles poderão ser vistas a olho nu e pode ser que percamos a gravidade do corpo também. Vamos flutuar. Então, não se preocupem se sentirem-se mais instáveis, pois a condição do ar muda por causa da distância que vamos tomando da Terra. – Alertou Zeus aos passageiros sobre a viagem.

– Uau, que incrível. E, porque isso acontece?

– Ora, . A gravidade é uma das forças fundamentais da natureza, em conjunto com o eletromagnetismo que é a atuação do campo magnético e elétrico existente no espaço, a força fraca e a força forte, como chamamos na física. Essas forças aliadas ao motor que faz a aeronave se sustentar no ar, voar, nos permite estar aqui e respirar.

– Ah! Caramba.

– E, está vendo as estrelas? Agora é noite e todas elas são sóis, como o nosso Sol. O Sol é apenas uma das cem milhões de estrelas na nossa parte do Universo. Ele pertence a um enorme grupo de estrelas chamado Via Láctea. Essa enorme bola de fogo que emite luz e calor em todas direções, ilumina e aquece a Terra. Sem o calor e a energia do Sol nenhum ser vivo poderia habitar o Planeta Água. - Explica Zeus, o golfinho, sobre funcionamento do sistema solar.

As estrelas brilhavam no céu parecendo luzes acesas em tela escura. À medida que a aeronave voava era possível ver os planetas e as constelações.

– Ah... E, os planetas? Quais são mesmo o nome de todos eles, estou estudando isso na escola... - perguntou Flock aos tripulantes.

– A Terra é o terceiro planeta próximo ao Sol, a seguir vem Mercúrio e Vênus. Mas todos eles são pequenos quando comparados ao Sol. São eles, Mercúrio, Vênus, Marte, Júpiter, Saturno, Urano, Netuno, Plutão e o nosso magnífico Planeta Água.

— São muitos planetas. Como eles se comunicam, como se dá a rotação, para que um não bata no outro ao se movimentar? – quiz saber Flock, curioso.

— Ah, não há com que se preocupar. Isso não vai acontecer. Eles são muito bem organizados e não há a possibilidade. Nem tão pouco de cair para o nada, um buraco negro, por exemplo, pois eles se sustentam pela gravidade do Sistema Solar. - Explicou o golfinho Zeus.

— E, como é o Planeta Água?

— Ele é muito parecido com a Terra. Apenas um terço de superfície é solo. Toda água salgada cobre o resto. Esta enorme extensão de água divide-se em áreas chamadas oceanos e mares. A água dos oceanos é salgada porque contém minerais, transportados para o mar pelos rios. Os principais minerais são o sódio e o cloreto, a partir dos quais se faz o Sol. Os oceanos são chamados Trinit, Fly, Kent, Poseidon e Éon.

— O mar de Éon é cinco vezes mais salgado do que os outros oceanos. Os tipos de vida lá são mais raros que nos demais. Nem toda espécie marinha se adapta bem a ele.

— Que incrível, não vejo a hora de chegar! – disse Flock, impressionado com a variedade de coisas existentes do H2O.

O piloto e o copiloto levavam os tripulantes tranquilamente. O pior já tinha passado, que foi atravessar a camada de ar quente que envolve o Planeta Terra ao sair do Sistema Solar. Feito isso, o golfinho e a tartaruga estavam a todo vapor. Ansiosos por deixar dona Arruda em H2O.

No entanto, tinha a pergunta que não queria calar. Onde estaria Clara e como ela estaria? Eles estavam ansiosos para encontrá-la.

A última notícia que tivera de Clara foi na casa de Ju, quando Clara havia ido conversar com a amiga sobre a possibilidade de ir ao Planeta Água. Quando ele soube do desaparecimento de Clara foi conversar com Juliana para entender o que estava passando na cabeça da menina e porque Clara queria ir tanto lá.

— , não sei por que Clara encasquetou com a ideia de ir ao H2O. Apesar de nós sabermos que em Palermo as pessoas comentam sobre o mistério que é o Planeta, eu nunca imaginei que ela poderia ir lá. Pri e eu também queríamos ir. - Disse Juliana aflita por notícias da menina. Ela queria entender o porquê da curiosidade da amiga em ir até lá e como Clara teria ido.

— Pois é, eu não sei como ela pode ter ido, talvez por que quisesse muito. Acho que ouviram as preces dela - comentou brincando.

Um dia antes de Clara embarcar para Água, as crianças conversaram para tentar entender o porquê da menina querer ir ao Planeta. Era uma coisa que ela sentia desde pequenininha e pelo fato de ser um segredo que as pessoas não sabiam o que teria fora dali...

- CAPÍTULO 14 -

Matemática

Era aula de engenharia de matemática.

Os evolucionistas estudavam a razão por meio de cálculos e equações relacionadas às pesquisas referentes à evolução dos bichos, das espécies e mutações das seleções naturais.

- Essa aula é um fenômeno. Quando você acha que a natureza se comporta sem lógica, você percebe que não, que na verdade é o contrário. Há lógica. – Disse o professor de matemática, Rosemberg.
- E, qual é a lógica professor? - perguntou confuso, Rick.

O professor de matemática da Escola dos Mutantes chamava-se Rosembergue. Ele tinha um cabelo liso cumprido que batia no ombro e um ar meio estranho. As pessoas achavam-no meio do avesso. Ele usava roupas amarrotadas e tinha um quê de gênio. Mas, a metodologia das aulas que ele dava eram incríveis. O professor falava sobre como os números se comportavam, de maneira muito simples, e dava vida a eles de uma forma extraordinária.

- Hoje, vamos falar sobre a natureza dos números, como eles são revelados. Sabemos que 0+1=1, que 1+1=2 e que 2+3=5, sendo, portanto, 3+5=8. E, assim, sucessivamente, 8+5 = 13 e 13+8=21. Essa sequência lógica de números é conhecida como "regra de ouro" ou razão áurea. Por quê? Explico. A ordem é dada de maneira natural, que é a soma entre dois números obtidos através dos dois termos obtidos anteriormente, sempre, consecutivamente. A esse feito, denomina-se o nome de *Sequência de Fibonacci,* em que a geometria factual e o ângulo de ouro possuem essa relação estrita.

Podemos observar essa regra, por exemplo, no caracol, na distribuição de sementes de um girassol e até mesmo na disposição das estrelas em uma galáxia. É a sequência de elementos que fazem essa circunferência perfeita. Quase tudo que existe no planeta possui esses mesmos padrões geométricos.

Nesse dia, Rosembergue tinha levado as crianças para o campo, para a aula de matemática no meio da natureza. Ele queria apresentá-las como, na prática, a *Sequência de Fibonacci* funcionava. Além disso, queria tirar um pouco os meninos de dentro da sala.

A grande maioria de espécies de plantas e animais do Planeta Água eram diferentes, exóticas e tinham um charme bastante peculiar acerca da sua aparência, além de mutantes, sofriam em sua maioria, mudanças genéticas, nas células e nos genes. Algumas eram bem perceptíveis, bem distorcidas, como a *atamoia,* fruta com sementes que pode ser branca, roxa e rosa, de diferentes cores. E, tinha também a *melancia gigante* que era de cor vermelha, amarela e verde. Ela era tão grande que os dinossauros a tinham como fruta favorita, podendo chegar a medir 5 metros de altura. Os sabores das frutas variavam conforme o tempo de plantio. Quanto mais tempo a fruta durava no pé, pegava os nutrientes da terra, mais forte e saborosa ela era.

As variedades de experimentos que o laboratório da *Escola de Mutantes* tinha permitia que os estudantes, as crianças, pudessem acompanhar os testes de criação de plantas que eram feitos, bem como em humanos, de medicamentos e de vacinas que fossem produzidos. Era possível estudar, por exemplo, como os dinossauros que moravam ali tinham sido conservados por tanto tempo. O convívio que que eles exerciam com os humanos se dava de maneira muita perfeita.

Os *Pterossauros,* dinossauros voadores, eram os animais que a maioria das crianças queriam, pois detinham a habilidade de voar. Eles podiam, por meio do toque, sentir o que o outro queria, humano, e fazer o que este desejava. Essa mágica, conexão por meio do toque e a telepatia, que existia entre eles era um recurso que milhares de pessoas estudavam buscar entender como funcionava tão bem.

Alguns foguetes que vinham de planetas próximos, como Marte e Júpiter iam em busca dos *Unis, de* tecnologia e dos animais. O *Pterossauro,* que possuía esse talento de unir os dois corpos, conectar sentimentos por meio do toque para voar era um dos mais cobiçados pelas crianças.

Rick, embora tivesse o dom de voar, detinha a capacidade limitada, ia até um certo ponto. Ele não conseguia aguentar a gravidade exigida pelo Sistema Solar. O corpo, quando chegava a um nível de altura muito alto, não conseguia responder às expectativas do pulmão, então, o corpo morria. Por isso, os *Pterossauros* eram tão disputados. Eles ultrapassavam a capacidade humana de vida, com exceção dos Unis que já eram mutantes sobrenaturais.

O dinossauro de Rick, que ele escolhera, o *Littlefoot, Sauroposeidon,* estava quase a ponto de ganhar a licença para poder ser treinado. Estava a ponto de deixar de ser filhote para torna-se criança. Em cerca de um ano, o dinossauro poderia fazer as viagens com Rick e atender as suas vontades, respeitando as necessidades do *Sauroposeidon* até a faze adulta, quando teria que ser solto no *Parque Fauna e Flora* para procriar e constituir família. *Littlefoot* tinha sido escolhido porque era o maior de todos, o mais alto, sua altura e sua característica dócil e atencioso era o que mais impressionava o garoto.

Ao mesmo tempo que isso acontecia, a *Escola de Mutantes* pretendia organizar um campeonato. O professor Rosemberg pretendia lançar o campeonato de voo. Queria que os meninos treinassem suas habilidades de voar com os dinossauros escolhidos e, por isso, resolveu enviar carta digital a todos os pais das crianças que possuíam dinossauros.

Caros pais de dinossauros licenciados,

A Escola de Mutantes vai realizar o XII Torneio de Treinamento de Dinossauros.
Os escolhidos serão treinados até o final do mês de dezembro, deste ano, 2679.
Estejam todos atentos ao seu bip ou geladeira. Vamos avisar por meio de mensagem.
As crianças deveram vir com seu dinossauro pelo Sistema de Toque para não gerar dispersão no animal.

Pedimos encarecidamente a gentileza de trazer junto à criança, a lancheira do suplemento alimentar do dinossauro, que passará o dia conosco, na Escola de Mutantes.

Estamos à disposição para mais detalhes,

Professor Guga
Toque 4xp9

A carta seria entregue a todas as famílias dos *Unis que detivessem dinossauros licenciados*. O *Sistema de Toque* funciona como uma identidade em que cada um tinha o seu número. Cada morador do Planeta Água tinha o seu código, que não se confundia com nenhum outro e misturava letras e números. Todo dinossauro adotado por uma família tinha o toque registrado na *Cabine de Informações dos Unis*, assim que aderia à família, era um código exclusivo que funcionava como carteira de identidade. A operação e logística funcionava muito bem.

O *bip* que quase todas as famílias dos *Unis* tinham era como um celular que funcionava por meio de mensagem oral ou escrita, uma inteligência artificial era acionada para informar às pessoas sobre o que estava acontecendo ou ia acontecer.

A Escola ia sediar o evento mais esperado e famoso do Água e muita gente estava à espera das crianças. Ele estava na sua décima segunda edição e Rick, Ted e Clara estavam ansiosos com a novidade que atraía a atenção de todos.

– Caramba, estou muito animada com o treinamento do meu dinossauro. Tenho certeza de que seremos os melhores. – Disse Clara. – Rick, você já ensinou ao Littlefoot os segredos da agregação? – perguntou a menina.

– Não... Ainda não.

– Então, é muito simples. Vou te mostrar o meu livro que fala sobre como domar seu dinossauro. Eu me adiantei um pouco e consegui ler três capítulos do *XII Torneio de Treinamento de Dinos...* - comentou Clara referindo-se à aplicabilidade das técnicas de treinamento de dinossauro.

– Eu acho que *Chasmossauro*, meu dinossauro, já sabe o que deve ser feito - soltou Ted.

– Como, Ted? – perguntou Rick, curioso...

– Ora, eu venho conversando com ele desde filhote sobre os treinos. Ele já está voando.

– Certo. E, o que mais você ensinou a ele?

– Eu falava que ele tinha que ser o mais rápido e ganhar de todo mundo. Ensino ele a ser competitivo. – falou Clara super confiante sobre a preparação de seu dinossauro

– Hum...

– E, como devemos fazer, Clara? – perguntou Rick já agoniado com a menina

– É simples. O meu dino é o *Pterossauro*. Eu o escolhi por ser o mais ágil e veloz. Além disso, ele detém de uma capacidade extraordinária de fazer várias coisas ao mesmo tempo. Isso não é fascinante. Eu e seus pais conversamos muito na semana passada entes de eu pegá-lo para levar para casa. Sinto que estamos nos dando muito bem, e ele está evoluindo bem em performance. – Explicou Clara à Rick.

Rick e Ted se olharam impressionados...

– Ora, meninos é muito simples. Sabe o manual *Abracadabra*? Original da *Escola de Mutantes*? – Clara perguntou, incisiva, aos garotos.

– Aham... Aham...

– Pois bem... Na página 4hp vocês vão encontrar um capítulo que fala sobre técnicas de como dominar seu dragão. Lá vocês vão encontrar uma muito legal. A do LEAD.

– Lead? O que é isso?

– Lead é um composto que se submete a uma teoria em conformidade aos seus talentos originais e epidemiológicos...

Rick e Ted arregalaram os olhos e se olharam sem entender nada...

– Aham, entendi tudo. Legal, ferinha. – Respondeu Ted, irônico.

– Calma, eu vou explicar – disse Clara empolgada sobre a teoria do LEAD. – Gente, LEAD é uma técnica do *Livro dos Dragões* que diz quando, como, onde, porque e pra quê os *Unis* devem e podem usar os dragões, aqueles animais fabulosos que parecem com um grande lagarto, geralmente representados com garras de leão, asas, longo pescoço e uma grande boca, que lança fogo. Sabe?

– Ahhhh...

– Antigamente, senhor Nerd, o dono do jornal da *Flocks Books*, de Palermo, me contava que ele servia na cavalaria para combater os inimigos que vinham a pé atacar o clã. Com o tempo, então, muitos humanos passaram a usá-lo como escudo e para domar seu dragão. Somente alguns adultos muito cabulosos o tinham. E, o LEAD deveria, então, ser aplicado a eles nesse formato. Além disso, ele é curiosamente um termo em inglês para quem é jornalista e escreve matérias para o jornal.

– Cabulosos... Azarentos... Hum, interessante. – Respondeu Ted sobre as técnicas de jornalismo que se aplicam o LEAD, cinco perguntas antes de escrever uma matéria no jornalismo.

– Isso mesmo, doutor Irônico. – Brinca Clara respondendo Ted. – E, o LEAD eram as perguntas básicas inerentes ao uso adequado do dragão. Como as pessoas deveriam aplicar a técnica para seu melhor uso.

– Certo. Então, a técnica não se aplicada somente ao uso do dragão? - perguntou Rick com relação ao efetivo cumprimento das regras que o composto de quatro letras se referia.

45

– Não. Absolutamente. O LEAD pode e deve ser aplicado aos textos de jornais, reportagens e matérias, principalmente – respondeu Clara, satisfeita.
– Hummm. Que bacana! – respondeu Rick, curioso.

Depois da aula que Clara deu aos meninos, Rick e Ted ficaram desesperados e foram correndo para casa treinar os dinossauros para o XII Torneio que se aproximava.

– Estou mega atrasado com meus estudos... Vou agilizar... Pensou Rick andando a caminho de casa, quando voltava da *Escola de Mutantes*, depois da conversa que teve com Clara e Ted. Rick tinha um talento nato de cativar as pessoas ao seu redor, mas tinha um garoto da Escola, o JP, que não se alinhava muito aos seus feitos e achava que ele era péssimo em tudo que fazia.

– Ora, ora... Olha quem vem vindo aqui... Voltando para casa, Rick? Esqueceu o drone, verme.
– Fala, JP. E aí, cara... Não, esqueci, não.
– Devia estar indo mais devagar, desse jeito vai virar uma tartaruga...
– Qual é moleque? O que você quer? - perguntou insatisfeito Rick, que não gostava da maneira como JP falava com ele.
– Quero te falar que você vai perder o *XII Torneio de Treinamento de Dinossauros,* pois seu dinossauro é fraco. Acho melhor você desistir. Vocês não vão conseguir.

– Como assim? Do que você está falando? - Rick quase foi para cima de JP para bater-lhe, mas se segurou.

A relação de Rick e JP não eram nada harmônica. Eles brigavam constantemente por causa da inveja que JP tinha do garoto. Além disso, JP sempre fazia maldades e queria que Rick se prejudicasse nas suas ações. Estava sempre infernizando a vida do colega.
– Você sabe que o meu dinossauro é um *Sauroposeidon,* e que ele, assim como o seu, detém das melhores capacidades para ser o melhor na *Escola de Mutantes*. Por isso, não me

preocupo com o que você está pensando, pois, que vença o melhor, JP.

– Eu diria que você está enganado, pois duvido que você consiga fazer ele contornar o primeiro barril. - Disse JP instigando Rick.

Rick não respondeu. Ligou o *bip*, chamou o drone que apareceu de imediato e o levou para casa.

As crianças que obtinham um comportamento de excelência ganhavam uma licença para uso de drone. O drone era uma aeronave de dois lugares que levava o dono e seu dinossauro, ainda filhote, para vários lugares. Tinha cerca de 10 metros de altura e sustentava o próprio peso, chegando a pesar 200 toneladas, que eram divididas e convertidas em forma de energia de combustível.

Era como um carro elétrico, com uma cabine de avião e hélices nas asas distribuídas nos quatro lados. O peso versus a massa dos tripulantes que entravam lá conseguiam fazer o equipamento voar, junto com a energia da força propagada pelo motor do drone. O miniavião era projetado para levar o dinossauro somente enquanto filhote pois, passando de 10 metros de altura, o animal deveria ir voando. Não cabia mais dentro do drone, não era uniforme. E nele funcionava também o *Sistema de Toque*, que era usado quando os *Unis* sentavam-se e pegavam no volante para dirigir, a aeronave voava com a conexão da energia do corpo do homem conectado à máquina.

A essa altura tinha gente chegando em H2O... Era Zeus e Pindamonhangaba, com . A aeronave, enquanto sobrevoava o Planeta Água, comunicava-se com a *Cabine de Informações dos Unis*, a comunicação que a cabine possuía com os demais Unis que saíam de lá para visitar outros planetas próximos, como a Terra.

A Terra era o planeta mais apaixonante de todos, pois era mais novo que o H2O. A maioria das pessoas de lá não imaginavam o que existia fora. Na *Cabine de Informações dos Unis*, funcionava o famoso *Jornal dos Unis* que circulava diariamente com informações de outros planetas. Era como se a cabine de informações fosse um aeroporto e nela tivesse também funcionando um jornal.

Pelo fato dos mutantes deterem de capacidades excepcionais, as notícias tinham que ser sempre muito bem debatidas na reunião de pauta que acontecia todos os dias, pela manhã, antes de decidirem o que seria publicado no Jornal do dia seguinte. Isso acontecia porque o que saía de informação do H_2O para fora do Planeta tinha que ser, antes, muito bem debatido com os principais editores de economia, ciência, física e animais. Os editores de matemática, química e linguagem eram os mais requisitados, pois os temas tratavam de assuntos mais específicos e exatos acerca do mundo.

- CAPÍTULO 15 -

A chegada

— Conseguem ver a quantidade de Água que tem aqui?

— Nossa! Tem bastante. Quantos litros? Parece um mar gigante... Será que tem muito peixe, lá dentro?

— , milhares. Não sem quantos livros, mas imagino que deve ser incalculável. Tem muito peixe, *Espinossauros*, tubarão, baleia, crocodilo, ... - responde Pindamonhangaba sobre a diversidade de animais que deve haver no fundo do mar.

A chegada de Zeus e Pindamonhangaba com Flock e dona Arruda foi tranquila. Eles foram direto para a *Cabine de Informações dos Unis*. Era lá que tudo funcionada, que os principais acontecimentos, eventos de Água, eram registrados. O chefe de redação e dono do jornal era o senhor Praxedes, o rapaz misterioso que tinha aparecido na casa dos Nerds, em Palermo, quando Clara desapareceu, para dar notícias sobre a garota. Já o Planeta Água, H2O, era conduzido pelo professor Guga, líder na *Escola de Mutantes*. Como ambos detinham da maior produção de conhecimento e informação do Planeta, eles eram os mais poderosos, tinham a maior força.

— Welcome to the Water Planet! - disse Praxedes ao dar boas-vindas à aeronave que acabara de chegar de Palermo com os tripulantes. - Imagino que o idioma predominante da terra de vocês seja o Italiano, certo?

— Sim. Falamos italiano, pois somos de Palermo, capital da Sicília, uma ilha da Itália. Mas lá falamos também inglês e português, pois o bairro que moramos é quase todo de famílias inglesas e brasileiras.

— Va bene. Tutto ok. Imagino que devem estar em busca de notícias de Clara.

— Sim, estamos! - respondeu Flock, entusiasmado com a possibilidade de encontrar a garota.

— Muito bem. Clara está bem. Está em um recrutamento de estudantes da Escola de Mutantes preparando seu dinossauro para a *XII Torneio de Treinamento de Dinossauro*. Portanto, sugiro que se alojem conforme desejarem no *Hotel dos Unis* que fica logo aqui do lado da *Cabinete de Informações* e aguardem até a hora do almoço. Vou mandar buscar Clara.

— Perfeito. Faremos isso, Sr. Praxedes, obrigado.

— E, como foi a viagem, Zeus? – perguntou Senhor Praxedes ao piloto da aeronave.

— A viagem foi ótima, respondeu o golfinho. Tivemos algumas turbulências nervosas, gases aéreos do espaço se confundindo com moléculas de O2, mas nada que o motor não tenha tirado de letra – disse Zeus, especificando detalhes sobre a viagem que fizera de volta ao H2O, saindo do Planeta Terra.

– Certo. Muito bem. Vou pedir aos Unis para fazer uma revisão, check-up, nela então. Leve ela à Oficina dos Unis, por favor – pediu Praxedes, já pensando na manutenção a ser feita para a próxima viagem que os *Unis* fizessem a outro planeta.

– Claro – respondeu Zeus, satisfeito.

Ao estacionar a aeronave que media cerca de 20 metros de altura por 10 de largura, em um estacionamento próprio, ao lado da *Cabine de Informações dos Unis*, os tripulantes foram para o Hotel.

O oxigênio que eles respiravam era o mais puro. O O^2, molécula de oxigênio estudada na *Escola de Mutantes* como sendo um dos principais ativos que fazia com que os dinossauros sobrevivessem junto aos *Unis* e era objeto de discussão. Medido pela sua massa, o oxigênio era o terceiro elemento mais abundante do universo, atrás do hidrogênio e hélio, somente. Por isso, era estudado pelos pesquisadores da Escola como sendo um dos principais componentes para a vida que existia lá em abundância.

Enquanto isso, dona Arruda estava digerindo tudo, inclusive seu próprio mal humor. Desde que chegou ao H2O, estava encabulada com tudo que acontecia, vendo a variedade de animais que existia, desde libélulas gigantes a dinossauros minúsculos. O encanto das cores também deixava-a espantada. O verde era mais verde, o vermelho e o roxo destacavam-se como se tivessem luzes fortes. Porém, era difícil de falar sobre seu sentimento lá dentro.

– Não sei para que tanto alvoroço. É apenas mais um planeta e que, ah! Ok! Têm dinossauros. Mas, se eles já viveram na Terra e morreram, por que ainda vivem aqui? Devíamos matar todos e enterrar para exterminar de vez a espécie que existiu a milhares de anos no nosso Planeta e não existe mais.

— Descordo, dona Arruda. Não há necessidade de matá-los. - Qual o sentido disso? - perguntou à arrogância de dona Arruda.

— Ora, menino. Esse povo é muito esquisito. Tenho medo deles. São altos demais, cheio de poderes estranhos, mudam de cor, voam e treinam dinossauros gigantes. Sei lá... Você não fica ressabiado com tanta inovação, ou melhor, poder?

— Não. Não fico. Eu estou super feliz de estar aqui e mais ainda de saber que vamos encontrar Clara logo mais. Estou muito orgulhoso também de poder estar aqui pois, eles são magníficos. O que eles fazem aqui é incrível.

— Eu não acredito que essas pessoas estranhas vivam aqui a tanto tempo sem se comunicar com a gente, o Planeta Terra e outros planetas, como Marte, Vênus. Você viu o Senhor Praxedes falando quando chegamos, em inglês e italiano? Eles falam várias línguas, idiomas. Devem se comunicar, fazer negócio, com outros países da Terra, não só a Itália, claro. O *Jornal dos Unis* deve se comunicar com outros planetas com algum objetivo maior do que simplesmente estudo e pesquisa. Eles devem estar querendo algo mais... - disse desconfiada dona Arruda, suspeitando que os *Unis* teriam um interesse maior que o próprio saber, conhecimento, como era de praxe da cultura deles.

— Pode ser que a senhora tenha razão em partes. Sim, eles falam outras línguas, idiomas, é fato. É muito incrível isso mesmo. E eles devem, sim, conhecer milhares de galáxias e planetas além da Terra, com certeza, que tenham vida. Estou apaixonado. Quero morar aqui.

— , você é engraçado. Ok. Vamos à hospedagem, ao *Hotel dos Unis.* Deixamos as malas lá e torcemos para não sermos mortos por eles. - Disse irônica dona Arruda. - Vamos descobrir o que eles querem com a gente e Clara.

— Eu estou curioso para saber mais sobre o *Jornal dos Unis.* Quero ler. Penso que aqui no H2O, deve ter milhares de pautas, novidades sobre as evoluções dos bichos, minerais e riquezas naturais. – disse Flock, empolgado com o novo Planeta.

Ao chegarem ao *Hotel dos Unis,* dona Arruda reclama de dor das costas. Mal chegou já queria voltar para casa.

— Oh, estou muito cansada. Preciso de um medicamento para as minhas costas. Estou sentindo dor. - Disse dona Arruda, reclamando das dores nas costas.

— Vamos ver se conseguimos algo aqui. Mas vamos ter calma também e paciência, pois eles estão sendo super atenciosos e nos dando o melhor conforto. - disse à dona Arruda que era mais rabugenta do que qualquer coisa.

— Estou com medo de nos levarem para um abismo gigante e nos matarem – exagerou dona Arruda dramática, não media as palavras quando queria chamar a atenção.

— Meu Deus! Porque você é sempre tão negativa, pessimista. Pare de ser assim. Vai dar tudo certo. Eu não quero mais saber dos seus questionamentos. Para de reclamar, pegue uma roupa nova, vai se trocar e tome um banho. Eu vou esperá-la lá na praça que fica em frente ao Hotel. Depois quero ir ao Jornal. Ande logo. Vá se arrumar. Praxedes nos disse que depois do almoço vai trazer Clara aqui. *Então, dá tempo de irmos ao Jornal.* - disse Flock sobre os planos que estavam pensando em fazer após sua chegada em H2O.

Dona Arruda já não sabia mais o que fazer. Parecia um milagre estar viva. Ter sobrevivo à viagem e passado por um Sistema Solar enorme, galáxias, rios e oceanos gigantes para estar lá. Ela nunca, nem em outra vida, tinha imaginado viver isso. Queria seu Cacareco, seu papagaio e Pitoko, seu gato de estimação lá com ela.

— Cacareco e Pitoko devem estar morrendo de saudade de mim. Porque não os trouxe, boba.

- Pois é... Fui uma boba mesmo, neh? Será que eles vão sobreviver a minha ausência? - perguntou irônica, dona Arruda.

- Ah, vão. Pode ter certeza que sim. Vão sim e muito. - Respondeu dando risada. - Difícil é saber se "eu" vou sobreviver a sua presença... – brincou o menino.

- CAPÍTULO 16 -

Imortal

Muito se falava na vida após a morte ou na vida que se renovava com o tempo, por merecimento. Era muito interessante porque as pessoas que não tinham suas vidas prolongadas queriam a chance de viver mais. O Planeta Água tinha esse poder. Ele conseguia prolongar a vida das pessoas por milhares de anos. Segundo professor Guga, da *Escola de Mutantes*, uma das dicas promissoras era vinho do porto, azeite e chocolate.

O poder, porém, não era para todos. Rick, que detinha o poder aos 12 anos aparentemente vividos, tinha na verdade milhares de anos. Sua aparência física era de um jovem garoto, mas sua cabeça era de alguém já viveu mais de mil anos. Clara havia redescoberto que também era especial.

— Como faz para pegar aquela pera? – Perguntou Clara à Rick.

— Ora, pula! – Respondeu Rick, confiante.

— Iaaaaa!

Clara deu um salto de impressionantes 30 metros de altura.

— Caramba, como eu fiz isso?

— Ué, simples. Você pulou.

— Sim, mas como eu consegui pular tão alto?

— Pulando, ora...

— Olha, eu... – Clara ficou sem palavras. A boca ficou seca, o coração começou a bater forte. Sentiu um arrepio no corpo.

Um vento singelo bateu em seu cabelo. A brisa suave refrescou sua alma.

Rick deu um salto tão grande que Clara o perdeu de vista. Subiu tão alto, tão alto, que conseguiu passar das nuvens do céu, perto das estrelas. Lá em cima.

— Eu não sabia que era possível ir tão alto - Clara disse eufórica, com a expressão do rosto assustada. E perguntou a Rick... – Como você fez isso?

— É simples. Alguns dos *Unis* detêm de superpoderes, extraordinários, são iluminados e conseguem, sim, voar. – Rick responde calmo e confiante.

— Hum. Uau. – Respondeu surpresa a menina que achou o feito incrível.

— Quando eu tinha 7 anos, eu caí de uma árvore que eu tinha subido para pegar uma goiaba. Mas não era um pé de goiaba simples. Era um pé de goiaba gigante. Ele cobria as nuvens no céu. Quando eu olhei para ele, ainda na grama, com os pés no chão, imaginei... Senhor pé de goiaba, eu não vou conseguir subir em você... Eu não vou conseguir subir. O pé é muito alto. Eu vou cair. Mas daí pensei mais um pouco e falei. Não, espera aí. Eu consigo, sim. Eu consigo, eu consigo. Claro que, sim. E aí, eu fui subindo, subindo, subindo. Quando me dei conta, eu estava no topo, bem alto. Daí, ao chegar, peguei a goiaba lá em cima. Escorreguei. Puft! Caí feio. Pisei em falso em um galho que estava podre na árvore. Quando eu estava caindo, em queda livre pensei em voz alta que talvez eu pudesse voar e de fato, aconteceu... acreditei nisso. Eu posso voar... E voei. Voei tão alto que não parei mais.

– Que história linda, Rick - disse Clara impressionada com o resumo que Rick contou sobre seu primeiro voo.

– Sim. E você também, Clara, desde que chegou percebi que você detém de poderes mágicos. Você é muito mais forte do que imagina. Consegue ser o que você quiser. Só tem que saber usar bem seus poderes - garantiu o garoto encorajando a menina.

Nesse dia, Clara saiu pensativa andando para casa. Era aula de educação física na *Escola de Mutantes*, estava frio, o inverno chegava rigoroso, as folhas no chão estavam se despedindo da estação do outono, e os agasalhos estavam começando a ser retirados do armário.

Mesmo Clara não gostando de atividade física, amava ir à escola. A saudade dos pais estava começando a apertar. Ela estava pensando em como poderia levar eles para H2O. O fato dela ter poderes sobrenaturais estava começando a deixá-la assustada também.

Enquanto caminhava vagamente, ao longo do percurso de volta à casa, Clara avistou um rio... Ao andar tranquilamente, se aproximando dele, percebeu que as águas estavam calmas e transparentes. Quando chegou mais perto, se deparou com um macaco...

– Aoo, aoo, aoo... - guinchou o macaco um som agudo.

O macaco começou a guinchar alto e foi chamando a menina para mais perto do rio... Ela foi indo, se aproximando dele. Quando chegou mais perto do rio, o macaco direcionou o olhar da garota.

– Veja... – disse o macaco mostrando à Clara o reflexo do rosto dela que se mostrava em forma de espelho no rio.

A menina começou a olhar para água, bem devagar agora.

- Olha mais de perto, se concentre, profundamente nisso - dizia o macaco pedindo a atenção da garota para que olhasse o rio. Quando de repente, ela grita:

— É meu pai... É meu pai. Pai... pai...

— Oi, filha...

— Pai, eu estou no Planeta Água, estou aqui.

— Filha, você sabe quem você é... Você sabe quem você é...

— Estou morrendo de saudade. Preciso de você, da mamãe. Pai...

— Filha, cuide de quem você é... Você sabe que te amamos muito. Você é nossa joia, nosso bem maior. Vamos estar para sempre com você no seu coração. Lembre-se sempre disso. Lembre-se sempre disso, meu amor.

— Pai... pai... por favor... Não vai. Não me deixa aqui. Pai.

Ver Senhor Immediato ali a deixou muito emocionada e com desejo de estar com o pai. As lembranças que ela tinha dele eram muito presentes. Os momentos que ele a levava para o Clube, em Salerno, eram as mais maravilhosas e incríveis. A menina morria de saudade.

E aonde estava o macaco? Aonde ele tinha ido parar?

— Ouça seu coração, menina. Ouça seu coração. Sua intuição - disse Sebastian, o macaco guardião, que adotou Clara como favorita.

– Mas, macaco... E minha família? Eu preciso deles. Eles são a coisa mais importante para mim – falou Clara pensativa sobre o que tinha acabado de acontecer no rio.

– Siga seu coração - reforçou Sebastian sobre as atitudes que a menina deveria ter sobre sua vida, agora, no Planeta Água.

E falando assim, sumiu... Escafedeu-se como fumaça. Pufh!

Aquele inverno estava sendo bastante misterioso. Macacos me mordam... Tinham macacos falantes, árvores gigantes, menino que voava. Clara foi dormir.

No dia seguinte, era a pré-aula do *XII Torneio de Treinamento de Dinossauros*. Os alunos foram para aula munidos, cada um especificamente, com o seu dinossauro.

Atenção, atenção, todo mundo.

– Crianças, tragam seus dinossauros para que cada um possa treinar o seu. A primeira tarefa do dia será, portanto, corrida. Vamos medir a velocidade dos dinos. Coloquei dois tambores próximos um do outro aqui no campo para que vocês tenham a noção de espaço que precisaram ter um do outro, a distância média. Vocês terão que, em tempo cronometrado, fazer o dinossauro dar a volta neles, contorná-los.

Guga tinha preparado o pré-treino para que os alunos pudessem praticar nas aulas de educação física, treinando os dinossauros. Era evidente que alguns bichos eram demasiados grandes e, por isso, os menores tinham mais vantagem, pois eram mais leves.

– Professor Guga, meu dinossauro é muito grande. Pode pisar nos outros - disse aflito, Ted.

– Fique tranquilo. Tem espaço para todo mundo - garantiu Guga tranquilizando o garoto sobre o seu dinossauro.

Clara estava ansiosa. Não achava que tinha treinado seu dinossauro suficiente. Guga, porém queria saber qual era o dinossauro mais rápido. E, para isso, teria que colocar os dinossauros para apostar corrida. Ele ia medir com um cronômetro quanto tempo cada um ia conseguir dar duas voltas contornando dois tambores.

Depois de todos os dinossauros posicionados. Entre eles, os *Sauroposeidon, Chasmossauro, Pterossauro e Aucassauro*. Era hora de dar a largada. Alguns eram muito grandes, mediam mais de 30 metros de altura. Enormes, eles eram os melhores e mais fortes do Planeta Água. Um ao lado do outro foram alocando-se no campo que os suportava facilmente, pois havia uma extensão de largura de mais de mil hectares. Portanto, caberiam nele até uma manada de dinossauros.

– Atenção, crianças. Vamos começar a largada. Estejam prontos para a contagem regressiva. - Anunciou Guga aos alunos.

– 5... 4... 3... 2... 1... Vai!

E, assim, vários dinossauros, um ao lado do outro, correram em linha reta por cerca de 200 metros. Eles eram tão grandes que era desesperador ver aqueles bichos enormes, um próximo ao outro, correndo para competir no torneio.

O dinossauro de Rick, Littlefoot, *Sauroposeidon,* saiu na frente, os demais, ao total somando quinze, foram seguindo a corrida. *Chasmossauro e Pterossauro* saíram logo atrás. O *Centrossauro,* dino de JP, que era um pouco menor que o *Pterossauro,* o dinossauro de Clara, saiu correndo logo depois e estava com um desempenho incrível, voando mais rápido que todos eles, consegui passar Littefoot.

60

– Pit, acelera – falou baixinho Clara, desejando que seu dinossauro corresse mais.

- Muito bem senhoras e senhores. Vamos acompanhando nossos queridos dinossauros na sua segunda rodada em volta do tambor. Littlefoot destaca-se na frente, mas perde por pouco a posição para Centrossauro. Lembrando que o dinossauro vencedor vai ganhar uma varinha mágica para poder escolher um superpoder de sua preferência. Pode ser longevidade, um mineral, voar ou se teletransportar. – explicou o professor de Biologia, Guga, quem iria cuidar do Torneio.

A briga pelo primeiro lugar estava acirrada. Alguns dinossauros tinham caído no chão e, por isso, um tumulto havia se formado. Era difícil saber quem podia ganhar a prova. As pessoas estavam torcendo para Rick e Clara. Clara, que tinha acabado de chegar no Planeta Água, já se destacava como protagonista no *XII Torneio de Treinamento de Dinossauros*.

– Falta! Falta! - Gritou o irmão de Ted mais novo que acompanhava o Torneio na arquibancada.

O dinossauro de JP tinha dado uma rasteira no de Ted, colocando a pata na frente para este cair, tirando-o, portanto, do jogo.

– Não vale. Não vale. Fui trapaceado, professor Guga. Professor Guga, falta no meu dinossauro - gritou Ted, com raiva do dino de JP, Centro.

– Você não pode deixar seu dinossauro fazer isso. É contra as regras do jogo, JP, disse Ted com raiva do garoto, que trapaceou o jogo.

– Ora, Ted. Sinto muito. Perdeu, playboy - respondeu JP sem se importar com o colega e descumprindo as regras do jogo.

Ted estava bufando de raiva do colega, queria matá-lo de tanta raiva. Mas, tinha que se controlar, pois, naquele momento, apesar de ter sido tirado do jogo, havia que se contentar com o que estava por vir. Não era fácil ser traído num campeonato onde milhares de pessoas estavam assistindo e ele tinha trabalhado tanto para chegar até o final.

Ele sabia que nada do que fizesse ali, naquele momento, iria resolver sua situação. Por isso, achou melhor ficar quieto e esperar a poeira abaixar para reclamar com Guga o que tinha acontecido.

> — E, então, vamos chegando ao final da corrida... *Centrossauro* aproxima-se da final, logo atrás, está Littlefoot que parece mancar, não sei bem o que aconteceu, mas parece que o dinossauro se machucou. E, correndo mais rápido que todo mundo, logo atrás, vem Pit, o *Pterossauro* treinado pela menina Clara. Ele vem ultrapassando lá de traz *Littlefoot, Chasmossauro e Centrossauro*. A jogada dele foi interessante, pois o Pterossauro saiu depois de todos os mais velozes e sem muita força, concentrando o ataque para o final da corrida...

> — E, é ela que vence! Clara vence a corrida com seu dinossauro, Pit.

> — Muito bem! Pessoal, com vocês o vencedor do nosso primeiro campeonato realizado, o *XII Torneio de Treinamento de Dinossauro* da escola mais famosa do Água, *Escola de Mutantes* – disse Guga cheio de alegria ao cumprimentar Clara, os Unis e convidados que aguardavam os familiares e vencedores.

Todos estavam super animados esperando o vencedor que iria ganhar o prêmio tão esperado. E qual seria o prêmio escolhido, pois todo mundo queria mais vida e isso com certeza seria a escolha da maioria. No entanto, o desejo de Clara era maior com relação à saudade que sentia da família e, por isso, escolheu ser teletransportada.

— Parabéns, menina Clara. Você que em tão pouco tempo chegou ao H2O já venceu um campeonato na Escola mais disputada do Planeta. Qual prêmio você vai escolher, longevidade, um mineral, voar ou se teletransportar?

— Obrigada, professor Guga. É uma honra poder estar aqui em meio a vocês e participar do *XII Torneio de Treinamentos para Dinossauros*. Vou escolher me teletransportar. Quero ir ver minha família na Terra.

— Muito bem. Seu desejo é uma ordem. Obrigada pela participação. Agora, pegue a sua varinha mágica e se organize para ir ao Planeta Terra. Leve ela com você e quando estiver pronta é só falar o nome do seu dinossauro para a varinha, mirar em você que, em alguns segundos, estará lá. Ah, e lembre-se de levá-la com você pendurada no pescoço, como amuleto pois, na volta, você vai precisar dela quando quiser regressar ao Planeta Água.

— Ok, senhor Guga. Obrigada! – disse a garota emocionada de tanta alegria por saber que poderia voltar à casa para rever os pais.

Enquanto isso... Dona Arruda e Flock tinham acabado de chegar em H2O. Estavam no *Hotel dos Unis* se ajeitando para encontrar Clara. Flock não podia imaginar que nem tinham acabado de chegar e Clara já partiria de volta à Terra. Mesmo assim, saíram animados do Hotel. Ele estava otimista que sua partida para visitar Terra não demoraria muito.

– Dona Arruda, espere. Precisamos chamar o drone para nos deixar na *Escola de Mutantes.*

– Não garoto. Vamos andando. Não, acho que seria muito legal ir por ar.

– Prefiro ir por terra.

– Tudo bem. Pode ser. Não vou chamar o drone, então. Vamos andando.

Se Senhora Arruda e Flock tivessem optado por ir de drone, eles teriam que cadastrar o número que receberam ao chegar em H2O que é um código que daria direito a eles andarem de carro elétrico à vontade. Esse *Sistema de Toque* também funciona sem chave, código, somente com cadastro e conexão feito pelo corpo, no volante, ao encostá-lo para dirigir.

- CAPÍTULO 17 -

Teletransporte (E=m.c²)

Clara estava animadíssima com a ideia de voltar à Palermo e rever os pais, sua cidade natal, todos que deixou, a Ju, a Pri e Flock. Ela não sabia, porém, que Flock tinha ido com dona Arruda para H2O e estavam lá esperando por ela.

– Clara! Clara!
– Não acredito...
– Flock!

Os meninos se encontraram e deram um abraço super apertado. Ao ver Clara o coração de Flock faltou pular pela boca. O garoto ficou muito feliz.

– Como assim vocês estão aqui? Dona Arruda, a senhora também? Como você vieram parar aqui? - perguntou a menina curiosa sobre a estada de Flock e Dona Arruda no Planeta Água.

– É uma longa história, garota. Eles ainda não te engoliram? - perguntou dona Arruda sendo sarcástica com Clara.

– Não entendi a pergunta, Dona Arruda - respondeu à senhora constrangendo-a propositalmente.

– Ora, os dinossauros daqui, bichos enormes que faltam nos comer vivos quando nos olham com aquelas pálpebras enormes.

– Não, dona Arruda. Nunca, jamais, eles nem pensam nisso. São muito bem alimentados e cuidados aqui. Cada um dos *Unis* tem o compromisso de cuidar de cada um deles e ser responsável por adestrá-los até a fase adulta. Todo mundo que chega aqui tem o compromisso. Quem já nasce aqui, ao fazer 7 anos de idade, ajuda os pais a cuidar do filhote de dinossauro. - Disse Clara explicando à dona Arruda que todos que moravam no Planeta Água devem cuidar de um dinossauro.

– Está certo, menina, pois, que bom então que você está bem. Senhor e senhora Immediato pediram que eu cuidasse de você ao chegar. Senhor Nerd também ficou bastante preocupado com o seu desaparecimento. Todos em Palermo ficaram sem entender o seu sumiço e o que tinha acontecido.

– Ora, foi muito estrando mesmo. Sim, eu entendo. Eu desapareci do nada mesmo. Me lembro que no dia anterior, eu tinha ido à casa da Ju para ir conversar com ela sobre a ideia de ir ao Planeta Água. Eu já havia pesquisado as possíveis formas de vida aqui e possibilidades de chegar. Além disso, os boatos que ouvíamos na Itália, principalmente em Palermo, sobre os dinossauros e as possibilidades de vida que tinham aqui. Era tudo muito incrível para não existir. Eu sabia que deveria haver algo a mais. Eu sabia no fundo que o Planeta Água existia. E aqui eu descobri que ele se chama também H2O, pois a quantidade de água é absurda, tem em abundância, o que a faz ter também esse nome. O nome é por causa do composto da molécula de água que é formada por dois átomos, um de "h" (h=hidrogênio) e um átomo de "o" (oxigênio).

— Caramba, menina, que legal. Pois, ótimo, maravilha.

Clara estava muito feliz, mas agora teria que voltar à Terra para rever os pais e tentar trazê-los para o Água. Será que eles viriam? Será que eles estariam abertos a ouvir a menina? Será que ela ia conseguir chegar lá?

As dúvidas da garota eram enormes, mesmo assim, tinha toda esperança do mundo. Ela conversou muito com Flock sobre tudo que tinha acontecido e explicou para ele que queria ficar lá. Que tinha um dinossauro que se chamava *Pterossauro,* que tinha ganhando o *XII Torneio de Treinamento de Dinossauro* e que tinha dois amigos que se chamavam, Rick e Ted.

— Já aconteceu tanta coisa comigo no pouco tempo que estou aqui que eu nem sei mais a exatos quantos anos cheguei.

— Pois, eu sei. Já faz dois anos que saiu de Palermo. – Disse Flock lembrando a menina do tempo que ela estava fora da Itália.

— Caramba. Isso tudo! Não imaginava. - respondeu a garota surpresa com o tempo que passara rápido demais.

— Eu calculei. Guardei a data que você veio. A nossa viagem para cá foi bastante longa também, minha e de dona Arruda. - Lembrou o garoto falando da viagem que fez com a tribulação Unis.

— Puxa. Posso imaginar. – Falou Clara entusiasmada com o menino que tinha a memória ótima.

— E como estão meus pais? Nino? Morro de saudade – perguntou Clara sobre os pais e o gatinho, seu melhor amigo, que tinha ficado.

— Eles estão ótimos. Sentem sua falta. Nino ficou desorientado quando você sumiu. Senhor Nerd reuniu todos em Palermo, na praça, quando soube que Zeus e Pindamonhangaba iam à orla dar um comunicado.

— Zeus? Pindamonhangaba? Quem são esses?

- É um golfinho e uma tartaruga que apareceram na Ilha para nos falar sobre você. Foram eles que nos deram seu paradeiro daqui.
- Uau, que genial. Hahaha. Sim. Claro. Lógico. Conheço. Eles são famosos aqui. Os pilotos da nave que levam os Unis e todo mundo daqui aos outros planetas. São os pilotos do Planeta Água.
- Sim. Exato. Você veio de Palermo com eles também? – perguntou Flock ainda sem entender como Clara tinha chegado em H2O.
- Não. Não. Eu vim de uma maneira muito misteriosa. Na verdade, da mesma maneira que eu vou voltar.
- Sério. Como foi? Mas, você vai voltar?
- Eu pensei, idealizei, sonhei, fechei os olhos e quando abri, já estava aqui. Não me pergunte como.

Flock sorriu...

- Eu vou voltar para buscar meus pais e Nino. Quero eles comigo. Quero eles aqui. Você não acha que eles vão amar? - perguntou Clara questionando o amigo que tinha acabado de chegar em H2O.
- Acho que sim. Sim, sim. Eles vão com certeza.
- Pois, então. Agora, para voltar lá eu estou indo por causa da varinha mágica da Escola de Mutantes que eu ganhei no *XII Torneio de Treinamento de Dinossauro*. Ela me dá direito a escolher um superpoder. Podendo ser ele, longevidade, um mineral, voar ou se teletransportar.
- Uau, bem legal. E aí você escolheu se teletransportar, claro. – Disse Clara animada.
- Sim! Exato! Vou arrumar as minhas coisas ainda hoje, deixar Pit, meu *Pterossauro,* dinossauro favorito na Escola de Mutantes.

Flock estava começando a entender como funcionava o Planeta Água. Como eles eram e como tudo se comunicava, porém sabia pouco ainda sobre o *Jornal dos Unis* e a *Cabine de Informações.* Para ele, a chave da comunicação entre os planetas, bem como o sucesso que seria o H2O estava ali, mas ele ainda não sabia como se aproximar. Teria que conversar mais com Clara e com senhor Praxedes para saber.

Em contrapartida, dona Arruda tinha se acalmado um pouco mais. Ela já não estava mais tão rabugenta e mal-humorada. Estava animada com a chegada ao Planeta Água e queria se envolver com as pessoas para aprender com elas. A *Escola de Mutantes* era somente para animais especiais, os racionais, mais inteligentes que tivessem algum superpoder para ser trabalhado, desenvolvido e ela já estava velha, não sabia como ser útil. Tinha pensado em dar aula, mas de quê? Etiqueta?

Clara já estava pronta para voltar à casa. Despediu-se de todos os amigos e, mirando a varinha mágica para si mesma, disse em voz alta:

— *Pterossauro*, me leve ao Planeta Terra. Me leve à Palermo, minha cidade natal da minha querida, Itália.

Uma nuvem formou-se em volta de Clara como se fosse um tornado, furacão, envolvendo-a de uma fumaça transparente e grande. Seu corpo pareceu se transformar em cinza como se as partículas de ar misturadas à água fossem se escurecendo e virando pó. E, assim, envolta de fumaça, a menina foi desaparecendo do Planeta Água e despedindo-se de todos.

Dona Arruda questionou se qualquer transmissão de informação em velocidades mais rápidas que a da luz era possível. Segunda ela, o enredo que acontecia quando as moléculas eram aglomeradas seria algo ilusório, fantasmagórico, mesmo sendo parecido com um recurso de comunicação. O emaranhamento do efeito é um fenômeno fundamentalmente não clássico, mas que acontecia em $H2O$. Além disso, a senhora parecia ter poderes de clarividência.

Enquanto a transformação de Clara acontecia, uma coruja aproximou-se. Ela não saía de cima do muro da *Escola de Mutantes*. Estava lá há muito tempo observando os estudantes. Clara veio saber um dia que ela era mais antiga que o professor Guga que tinha mais de 100 milhões de anos. Nesse dia, ela começou a observar a menina e o que estava acontecendo. A coruja tinha os olhos amarelos esbugalhados e as penas eram da cor marrom claro e escuro.

– O calor do corpo como fonte de energia se une ao todo e forma uma coisa só. - Diz a coruja tentando explicar a transformação da menina em pó.
– Exato. Imagino que seja isso, mais um acúmulo de energia gerado pelo corpo, somando-se a isso o espaço que existe entre o tempo e o lugar. – Respondeu Flock.

A coruja não falava muito. Era muito observadora e discreta. Observava tudo que acontecia e desde que Clara chegou se posicionou ao lado Leste do muro da Escola para ficar mais perto do alojamento onde a menina dormia. De certo modo deveria ficar ali porque queria acompanhar os passos dela. Além disso, a Escola era muito grande. Os dinossauros, em sua maioria, ficavam no *Parque Fauna e Flora,* que era o vale encantado onde eles dormiam e permaneciam a maior parte do tempo. Eles podiam sentir e perceber o movimento de todos que passavam ali. Desde dona Joaninha, patricinha que adorava falar da vida dos outros, até dona Barata, que era metida que só. Além dos dinossauros, misturavam-se a eles, os insetos, répteis, animais aquáticos e os terrestres. A família dos Unis era enorme, mas faltava mais gente.

- CAPÍTULO 18 -

De volta à Sicília

Não fosse o tempo ruim e a falta de perspectiva positiva que algumas pessoas tinham sobre os contratempos que a natureza gerava, tudo seria perfeito. Mas, não. E, por isso, devemos trabalhar com o acaso. Nesse caso o acaso foi o furacão que Clara pegou a caminho de Sicília. Ela não estava acompanhada de ninguém, como pedir ajuda. O tornado que pegou a região norte do Planeta Água quando ela estava de saída fez a menina quase desmaiar de susto.

Como isso era possível se ela tinha sido teletransportada? Não sabemos, mas alguns cientistas da *Escola de Mutantes* diziam que o mal tempo favorece e que é uma das características fortemente atribuída à natureza, a qual não é possível controlar. Porém, Clara já havia percebido algumas atribuições nervosas da natureza com relação à isso. Durante as aulas de biologia, Guga mencionou sobre o fato para ela.

– Vrum!

– Uau, como fiz isso?

– Control of the time. – Disse o professor de Biologia, Guga.

– Sério?

– Você consegue controlar o tempo, Clara. - disse Guga Pierre.

– Não é possível - disse Clara, duvidando.

– Sim. É sim. Pouquíssimas pessoas no mundo detêm dessa capacidade. Mas, você deve tomar cuidado. Em uma tempestade forte, você pode se machucar. É bom ter cautela quando for usá-lo. – Explicou o professor. E a menina começou a voar segurando a base do seu corpo como apoio e a subir bem alto. Quando mais alto ia, mais conseguia aplicar sua força em relação ao Sol, a chuva, ao vento e a controlá-los.

– Leia esse livro: *O espaço do tempo* – Deu Guga Pierre à menina. O livro falava da aplicabilidade do tempo com relação aos processos de transformação da natureza. Ele ensina como é possível estudar os movimentos dos elementos água, fogo, ar e terra em comunicação com o O2, como o arco-íris se forma com as cores por meio dos reflexos dos minerais... Curiosidades que você vai gostar de saber.

Clara ficou super feliz com o presente do professor Guga. Isso mostrou à ela que o Planeta Água era cheio de mistérios e novidades. E, não era tão velho como imaginava. Tinha mais do Planeta Terra do que ela poderia pensar.

– Nele você vai entender como um Planeta tão gigante como o H2O e a sua massa consegue atrair os objetos na sua direção. – Insistiu sobre o livro, Guga.

– Ah, não é a gravidade? - questionou Clara, curiosa.

– Sim. Isso mesmo. É ela que impede que você e tudo mais que existe na Terra voe para o espaço. – Explicou, Guga Pierre. A gravidade faz com que tudo o que se deixa cair atinja o chão. Todos os objetos grandes e pesados, como os planetas, têm gravidade. A gravidade do Sol é muito forte. Mantém a Terra e os outros planetas do sistema solar em rotação à sua volta. - Explicou Guga à garota sobre a gravitação.

E, lembrando da aula que tivera com Guga, professor de biologia, conseguiu parar o tornado que apareceu no mar agitado da Inglaterra, próximo à Itália, seu país, e o fez parar. Quando, devagar, foi chegando à Sicília. Como se estrela cadente fosse, caiu no mar. A menina veio pequenininha e apareceu na orla.

— Tibum!

— Ai, meu Deus, que aterrissagem magnífica, cheguei. O que vou fazer agora, não faço ideia por onde começar. – Clara cai no mar da cidade de Sicília, vinda do espaço, do Planeta Água.

— Olá, Clara.

— Oi, oi... Quem está aí?

— Sou eu, Ju - apareceu Juliana Campos, sua amiga e vizinha de infância.

— Juuuuuuuu. Uau, você está aqui. Caramba, você não tem ideia da onde eu estava.

— Sim, eu tenho. Sei de tudo que aconteceu, mas vamos andando. No meio do caminho, você me conta os detalhes. Senhor Immediato tinha perguntado ontem por você. Já faz quase dois anos que você desapareceu. O mundo todo ficou sabendo do seu desaparecimento. Foi um mistério tudo isso.

— Poxa, eu nem percebi o tempo. Parece que foi mais o que eu vivi em H2O. Lá tudo é diferente daqui. O tempo de lá parece passar mais rápido do que o daqui, mais veloz.

— E você encontrou dinossauros? — Perguntou Juliana ressabiada sobre os boatos que haveria dinossauros em outro planeta.

— Sim! Tenho um de estimação, o Pit, *Pterossauro*.

— Ora, ora. Deve ser incrível, então.

— Não mais do que estar aqui de volta e poder reencontrar meu pai e minha família. — respondeu Clara feliz por estar de volta.

Ao chegar em casa, os pais de Clara desabaram em choro. Estavam todos há muito tempo sem notícias da garota. Senhor Immediato disse que ia fazer uma festa para comemorar. Ia assar uma pizza e chamar todos de Palermo para comemorar. A vizinhança toda. À noite, antes de dormir, Clara foi contar os detalhes de tudo que tinha vivido no Planeta Água à sua avó e mãe, dona Quetinha e Senhora Eliza Bittencourt Immediato.

O momento da chegada foi ótimo, mas ela já estava preparando a volta. Queria a todo custo voltar ao Planeta Água e queria muito que seus pais fossem junto. A conversa foi demorada, mas Clara não conseguiu convencer sua família de ir. Porém, Immediato disse que poderia ir com ela ficar um tempo, mas teria que voltar em duas semanas por causa da máquina de manteiga.

— Filha, eu adoraria ir para lá com você, morar, mas eu tenho sua mãe, sua avó, nossa casa. Eu não posso deixar todos aqui e me aventurar em um Planeta que você está morando e encontrou dinossauros.

— Papai, você vai amar. Eu tenho certeza. Você vai poder domar dinossauros, entender que eles precisam da nossa ajuda e que são a nossa evolução. *Pterossauro* vai amar te conhecer também. Foi por causa dele que eu vim. Eu ganhei o *XII Torneio de Treinamento de Dinossauro* realizado pela *Escola de Mutantes*. A melhor e mais famosa escola de mutantes do mundo.

— Parabéns, filha. Tenho certeza que você deve ter ensinado ele muito bem. Você é muito dedicada. - Disse Immediato à Clara. Mas, como eu volto para Terra depois de um tempo lá com você?

— Você vai ganhar um dinossauro para cuidar assim que chegar lá, provavelmente. Depois, acredito que o professor Guga vai te passar prova, atividade física, para fazer e merecer ganhar a varinha que vai te permitir voltar. É um risco.

— Certo. Muito bem. Eu vou arriscar. Vou com você e chegando lá converso com ele sobre meu retorno. - Disse Immediato sobre ir à H2O com a filha.

O fato é que a volta de Clara seria rápida e sua mãe estava com saudades. Sentia falta da garota.

— Filha, você tem certeza que quer ir?
— Sim, mamãe, claro. Eu preciso ir.
— E, Nino, ele sente sua falta. Você vai levar ele?
— Claro que sim. Pensei nele todos os dias. Como minha ida foi inesperada, não tive como levá-lo, mas agora, sim... Ele vai comigo.
— Muito bem, minha filha. E, quando você volta? Você volta?
— Eu não sei, mamãe. Eu não tenho essa resposta agora. Não posso lhe dar no momento.

E, então, feito isso, Clara se despediu da mãe, da avó e foi com o pai e Nino até a orla de Palermo, com a varinha pendurada em seu pescoço, foi se preparar para voltar ao Planeta Água.

> — *Pterossauro*, me deixe, junto com papai e Nino no Planeta Água. Nos leve para lá.

Um furação se formou como se fosse para envolvê-los em meio à fumaça. E... nada...

> — Uai, não consegui. Vou tentar de novo.
> — *Pterossauro*, me deixe, junto com papai e Nino no Planeta Água. Agora! Já! –disse pela segunda vez Clara à varinha mágica apontando para o pai, o gato e ela mesma.

Nada acometeu com Clara, seu pai e o gato de estimação.

> — Será que a varinha não vai conseguir nos deixar lá? Estou pensando que pode ser muito. Pode ser que ela não esteja conseguindo pegar nós três. Pode ser que ela não esteja conseguindo fazer a leitura.

E Clara tentou mais uma vez...

> — *Pterossauro*, me deixe, junto com papai e Nino no Planeta Água. Vamos!

Nada. Nada, aconteceu. Clara foi começando a ficar desesperada.

> — Pai, eu tentei três vezes. O que eu faço agora?
> — Filha, não sei. Talvez devamos examinar a varinha para tentar entender o que acontece. Já sei. Vamos falar com o senhor Nerd, da livraria *s Books* para ver se ele pode nos ajudar.

Senhor Nerd estava sempre muito bem informado sobre os principais acontecimentos do Planeta Água e, misterioso, sabia da existência do Planeta Água e o que conhecia também com o senhor Praxedes, que depois de muito tempo passar, Clara foi descobrir que era editor do *Jornal dos Unis.*

— Senhor Nerd, senhor Nerd. Nos ajude, por favor. Estamos com um problema grave. A varinha mágica de Clara não está funcionando. Ela ganhou a varinha no *XII Torneio de Treinamento de Dinossauro* que aconteceu no Planeta Água quando escolheu se teletransportar para Terra, mas, agora, para voltar de volta ao Planeta de origem, comigo e Nino, não está conseguindo. O que acha que pode ser? Será que alguma peça está dando problema dentro dela e precisamos abrir para examinar?

— Olá, senhor Immediato. Certo. Bom, acho que sei do que se trata. Não, não creio que seja defeito de mecânica ou fábrica. Não. Na verdade, acho que a varinha não está reconhecendo que vocês três pertencem ao H2O, você, Clara e Nino. E, sim somente uma pessoa, a Clara. Por isso, a saída de vocês para o Planeta Água está difícil. Mas, eu tenho uma fórmula mágica que acredito que pode dar muito certo aonde misturo O2, Carbono e Nitrogênio. A mistura dos três elementos pode levá-los para lá. – Disse Senhor Nerd convencido de que poderia ajudar Clara, seu pai e Nino a irem juntos ao Água.

— Mas, antes me diga, Clara, como é o H2O? O que está achando? Como foi sua chegada lá? Me fale mais sobre como é lá...

— Senhor Nerd, olha, você tem que ir lá conhecer. É surreal. O senhor não tem ideia de como é o Planeta. Eles têm dinossauros enormes e gigantes que falam, cada um dos *Unis,* a comunidade que vive lá dotada de poderes especiais como voar, se teletransportar, além de uma variedade de minerais absurda. É espetacular. Eles concentram cerca de um décimo de espécies vegetais e animais do que há em todo Universo. Tem um rio chamado Amazonas, com mais de 6 mil quilômetros de comprimento e, segundo o professor de biologia da *Escola de Mutantes*, a cada três dias, uma nova espécie é descoberta. A Escola prepara os *Unis* para treinarem seus dinossauros. Além disso, o rio que existe lá no *Parque Fauna e Flora*, o Paraopeba, é riquíssimo, enche cerca de oito vezes mais que o seu próprio tamanho original, no período de chuva, ficando assim por cerca de sete meses do ano. Inundando árvores e florestas, ele fica como se fosse do tamanho do Reino Unido.

– Caramba. Que incrível. Eu venho estudando as várias possibilidades de vida que pode haver fora da Terra. Tenho algumas pesquisas que vou compartilhar com você e quero que você leve contigo. Vamos poder nos ver e comunicar em tempo real com esse relógio!

Senhor Nerd deu à Clara o relógio *Tic Tac*. *El*e era feito de um metal muito raro chamado silício. O metal sólido possui a cor cinza e um brilho metálico, sendo que seu nome vem de *sílex* ou *silicis,* que significa "pedra dura". O aquecimento de tetrafluoreto de silício com potássio que deu sua origem. Por isso, o senhor Nerd acabou construindo um relógio com o metal e deu à Clara para que ela pudesse compartilhar com ele o que acontecia no Planeta Água. Por meio do relógio, ela iria enviar fotos e informações sobre o que acontecia lá.

- CAPÍTULO 19 -

Jornal dos Unis

O jornal que um dia Clara tinha visto Nino, seu gatinho, e Bella, gata do senhor Nerd, lendo e conversando, era o *Jornal dos Unis*. Na época que isso aconteceu, porém, ela não sabia que tal fato estranho seria um periódico sobre notícias de outro planeta.

Quando Senhor Praxedes foi à casa dos Immediatos disfarçado de pé-rapado, Clara já não estava mais lá. Já tinha desaparecido. Então, ela nunca poderia imaginar que ele seria o dono do Jornal mais cobiçado do Planeta nem tão pouco o que tinha escrito no Jornal. Notícias sobre a *Escola de Mutantes* mais famosa do mundo, claro. E, o que mais? As descobertas e os dinossauros, os torneios, campeonatos, mistérios...

Saber que o Jornal publicava as notícias dos principais acontecimentos do mundo, todos sabiam que sim, ele fazia. O que eles não sabiam é que todos os animais também compartilhavam do assunto. A senhora Pindamonhangaba veio informar que na próxima semana haveria na *Escola de Mutantes* o campeonato de insetos. O tema seria: "Invente sua estratégia e combata o inimigo". Que nome mais estranho para um campeonato. Mas, de fato, era, pois os animais mais antigos, dona Joana, dona Barata, senhor Krikri (o grilo) e senhor Besouro, poderoso, que iriam participar.

Chamavam o senhor Besouro de poderoso porque teve um episódio famoso que ele salvou o senhor Grilo de um assalto. Foi assim, senhor Grilo estava em serenata, com sua equipe, treinando para um espetáculo que ia acontecer no Natal, quando de repente, apareceu um Barato. O marido da Barata. Ele anunciou o assalto e quando iam roubar os instrumentos musicais que auxiliava a *Orquestra dos Unis*, o senhor Besouro veio voando, deu uma voadora nele, era uma gangue e, com um giro de 360 graus, com as asas, botou todo mundo para correr. Esse fato ficou na história como sendo o renascimento dos Besouros, e o senhor Besouro ganhou seu lugar de destaque no H2O. Foi um grande marco.

Ah, senhor Libélulo também, não poderia deixar de estar de fora e sua esposa, dona Abelhuda, sempre tão falante e simpática. A mistura das espécies de insetos sempre foi um impedimento para senhor Libélulo e dona Abelhuda ficarem juntos. Mas, com o tempo de tanto insistirem, as pessoas acabaram acostumando-se e eles enfim se casaram. A história deles é linda. Tinha também sua prima mais próxima, senhorita Borboleta, que era próxima, apaixonante, encantava a todos com suas asas brilhantes. Era um sucesso. Mesmo assim, porém, apesar da fama de serem conhecidos nos *Unis*, não seria estranho imaginar o que eles fariam para se salvar dos inimigos predadores, o campeonato haveria de acontecer.

Era reunião de Pauta, senhor Praxedes convocou os melhores repórteres de H2O. Eram eles, Lucas Mago, Diego Harrison, Eloíza Drummond e Elleno Bernard. Eles eram os mais incríveis, intrometidos, curiosos e poderosos jornalistas. Toda segunda-feira de manhã era o momento de ver os mais brilhantes reinarem-se no seu quadrado, digo, no seu espaço que tinham para falar.

— Em Xinguin, alguns *Unis* estão se transformando em robôs. Pensei em ir lá verificar. Ouvi falar que uma pandemia se aproxima. Eles estão se antecipando, colocando robôs para ajudar nas tarefas. - Disse Magro sobre a novidade que havia descoberto.

Xinguin era um lugar grande cheio de Unis que trabalhavam incansavelmente com horas de trabalho dobradas e que ficava no Norte do Planeta Água. Bem distante da Escola de Mutantes e do Jornal dos Unis.

— Mas, robôs em Xingin é muito comum. Pandemia? Que tipo de pandemia? - Questionou Praxedes sobre o acontecimento.

— Me parece que um tipo de epidemia, doença infecciosa de uma população geográfica do Planeta Vênus está se aproximando. - Reforçou Magro.

— Verifique. Traga mais informações. Quero saber o que está acontecendo. Vamos investigar. - afirmou Praxedes sobre o furo de reportagem que Magro acabara de trazer.

Eloíza Drummond foi um pouco mais longe. Ou mais perto?

— Uma porção de gafanhotos se aglomerou próximo ao *Parque Fauna e Flora*. Dona Joaninha me disse que um deles brigou com o vizinho antes de ontem porque estava assistindo TV com o volume muito alto.

Praxedes sorriu.

— Ora, não me diga. Pois, vá checar então, vamos ver qual o motivo da aglomeração dos insetos e se o desentendimento foi sanado. - Sorri em tom de sarcasmo Eloíza.

— A *Escola de Mutantes* vai realizar o campeonato de futebol de insetos. Acho que vale a cobertura. Disse Diego entusiasmado sobre o evento que reunia gente do mundo todo e era super badalado em H2O

— Claro, Diego. A pauta é sua, arrasa.

— Muito bem, mas alguém? - questionou Praxedes querendo encerrar a reunião.

— Eu não acho que o mundo vai aguentar isso. – Argumentou Bernardo.

— Isso o que Bernardo? – retrucou Praxedes sobre a reclamação do repórter.

— Essa loucura que é a pandemia de Vênus que se aproxima.

— E por que não?

– Porque não suportamos a pressão dos planetas vizinhos. Estamos ilhados neste Planeta aonde dinossauros e insetos falam. Não evoluímos.

– Não evoluímos. Como assim? E qual seria a evolução que você acha que ainda não vivemos ou precisamos viver?

– Os carros voadores que temos, drones, deveriam caber no bolso. Diminuir. Já nos teletransportamos. – explicou Bernardo indignado.

– Ah, sim. Você está falando de tecnologia. Muito bem. Olhe isso... – falou Praxedes chamando a atenção do garoto pra ele.

Naquele momento, Praxedes chamou os repórteres para um passeio fora da redação. A redação ficava em um lugar cheio de verde, com muitas árvores e flores coloridas, perto do *Parque Fauna e Flora* onde ficavam os dinossauros. A redação era suspensa no alto como se fosse uma torre gigante de mil metros. Só era possível chegar lá com drone móvel, carro elétrico ou sendo um *Unis*, que era um mutante, com poderes para voar. Bernardo era um dos que o tinha. Era um deles. Conseguia de teletransportar.

– Vejam aquele drone da Cabine de Informações. Alacazan–miniuns - disse Praxedes em voz alta apontando seu amuleto-varinha para o drone.

De repente, ele ficou do tamanho de um bule.

– Uau, um bule - gritou Bernardo.

– Quando eu falar já, quero todo mundo pulando junto para dentro do bule. –Disse Praxedes sobre a transformação que queria demonstrar aos repórteres

– Está bem! - gritou os repórteres do Jornal dos *Unis*

– 1... 2... 3... e, já!

Todo mundo pulou e o bule se tornou gigante a ponto que cabiam todos. Em segundos, eles foram adicionados ao drone que se bulenidrou. Bulenidrou? Como assim? Se transformou em drone.

— Vejo que as técnicas de mágica estão a todo vapor, chefe. - Afirmou Diego Harrison sobre as aulas de matemática que Praxedes dava na Escola de Mutantes.

— Sim, estão sim. Quando é que vocês vão se escrever no *Curso de Inverno da Escola*. As aulas de mágica com doses de química coagulante serão iniciadas em dezembro.

— Olha, parece interessante. Estou precisando mesmo de fermento de abobrinha para uma porção que ando trabalhando em casa, para tratamento de dinossauros. Acho que seria uma boa.

— Pois, então. Venha participar. Vou falar com os meninos ainda. Acho que para o Jornal pode ser uma boa também. Os repórteres vão poder se atualizar. Amanhã vou trazer alguns livros que pretendo desenvolver no curso para a redação, para darem uma olhada – disse Praxedes motivando Harrison a estudar mágica e falando do curso que iria começar.

— Show. – respondeu Diego animado com o convite do professor.

Para o chefe de redação do *Jornal dos Unis*, trabalhar o lado intelectual dos alunos era o que mais lhe dava prazer. Ele gostava de estimular os jovens a pensar fora da caixa. Fora da caixa? Isso mesmo. Fora do modelo tradicional de pensar dos seres humanos. Ah, e isso existe? Hum, não sei. Mas, o fato é que ele tinha muitas dúvidas, questionamentos, sobre como tudo funcionava, comportava, e isso precisava ser compartilhado com os alunos. Ele amava dar aula.

- CAPÍTULO 20 -

Campeonato de futebol de insetos

Eles são insetos, invertebrados, com cabeça, tórax e abdome bem definidos, três pares de pernas, dois pares de asas e um par de antenas. Alguns detêm de mais antenas, outros de mais pares de pernas e assim vai. Famosos por sobreviverem a milhares de anos, os insetos são os mais fortes animais do Planeta Água. Seria difícil se não fosse fácil perceber a grande importância desses bichos na natureza. Além disso, eles possuem uma gama de variedade de espécies resistentes e análogas a diferentes tipos de ambiente, situações e vegetação.

O aparecimento dos animais, no entanto, surgiu nos oceanos há cerca de 600 milhões de anos, entre eles os insetos. Eles eram criaturas muito simples, com corpo mole e que gradualmente desenvolveram suas células. Alguns, como os animais marinhos chamados trilóbites desenvolveram carapaças rígidas.

Já há cerca de 400 milhões de anos, aparecem os primeiros animais com espinha dorsal. Eram os peixes. Aos poucos, muitas espécies diferentes desse tipo foram evoluindo. Alguns desenvolveram barbatanas carnudas e saíram das águas para viver na terra, surgiu então os perioptalmos, peixes que podem se movimentar em terra e os trolóbites foram, provavelmente, os primeiros animais a ter olhos. Tinham também antenas na cabeça que usavam para encontrar comida.

Todas essas espécies existiam no H2O e eram encantadoras. Mesmo não possuindo tantas habilidades como os dinossauros de caçar e sobreviver às tempestades da Terra, eles eram os vilões e guerreiros sobreviventes. Vilões porque existiam aqueles que, mais temidos pelos *Unis,* detinham venenos que matavam com um simples toque. E, como no Água o *Sistema de Toque* funcionava muito bem como telepatia entre o mundo animal, vegetal, e os dos *Unis*, mutantes, essa junção de espécies poderia ser perigosa, às vezes. Todavia, subestimar os pequenos gigantes não era tarefa fácil.

Logo, a *Escola de Mutantes* estava pronta para realizar o *III Campeonato de Futebol de Insetos*. Todo ano, assiduamente ele acontecia e como era de praxe os dinossauros não participavam como competidores. Somente como apoio. Littlefoot, Sauroposeidon, de Rick era sempre o árbitro, seguido do técnico Chasmossauro, de Ted, que comandava todo ano junto como professor Guga a preparação dos insetos. Tinham alguns gigantes que muitas vezes participavam, mas nem sempre era possível estar todos, pois a maioria dos invertebrados eram de tamanho padrão, e isso os classificava em um modelo anatômico difícil de agregar os dinos.

No Livro *A Enciclopédia dos Insetos*, era possível entender os maravilhosos comportamento por detrás dos enigmáticos seres lunáticos existentes em água. A dona Abelhuda era tão pomposa, brilhante e tinha suas "filhas" que a ajudavam a produzir mel de maneira muito bem ordenada. Todos os dias elas acordavam cedo, tipo 5 horas da manhã para trabalhar. E, em ordem simétrica, seguindo a dona Abelhuda, rainha das abelhas, elas operavam como se operadoras fossem, engenheiras de mel de abelha.

Era lindo de vê-las trabalhando pois, o resultado doce que obtinham servia de alimento para milhares de animais do H2O e ainda inspiravam as flores a produzirem pólen, de alimento para a abelhas. As flores serviam o néctar que é uma substância aquosa secretada pelos vegetais por meio de glândulas especializadas. Sua constituição química geralmente inclui açúcares em quantidades variáveis de acordo com a espécie.

Normalmente, o néctar é aproveitado por certos animais como insetos, aves e mamíferos, como fonte de água e carboidratos e, estes animais procuram as plantas nectaríferas para sua alimentação. Em contrapartida, muitas espécies vegetais apresentam glândulas de néctar, nectários, nas suas flores, de maneira que, ao visitar esta fonte de néctar, o animal fatalmente irá esbarrar nas anteras e carregar o pólen para outras flores, efetuando assim a polinização. Esta é uma relação mútua que existe entre plantas e animais, intermediada pelo néctar e tem evoluído em milhares de espécies vegetais e animais, com as mais variadas adaptações morfológicas possíveis.

Além disso, o néctar, vem a muitos anos sendo estudado pelos *Unis e* sendo protegido, era bastante raro no mundo todo.

O Campeonato deveria reunir o *Jornal dos Unis*, Praxedes, Guga Pierre. A *Escola de Mutantes* reservava um lugar que era como um campo grande de estufa. Nesse campo, as borboletas, besouros, mariposas e gafanhotos se misturavam. Era normal muitas vezes eles brigarem por causa de comida ou por causa de alguma vegetação que fora compartilhada.

No dia do Campeonato, estava o professor de matemática, Rosemberg, com sua Aranha, dona Araril Amarga. Mesmo não sendo um inseto e sim um artrópode, dona Araril queria competir com os insetos. Estava sempre por perto participando e tinha o professor como seu aliado, o qual havia se transformado em caracol para o campeonato.

- O campeonato será diferente esse ano. – Disse dona Araril, a aranha
- Ah, é? E por quê? - perguntou o Caracol Rosemberg sem entender muito a precisão de dona Araril.
- Ora, a menina nova não está aqui? Ouvi falar que voltou ao Planeta Terra para buscar os pais. E acho que estão querendo acabar com o nosso bem mais precioso. O néctar das flores.
- Sim, com a chegada dela, eu percebi que o *Jornal dos Unis* está mais empenhado em participar das atividades da *Escola de Mutantes* e vem recebendo a notícia da chegada de Clara com muito entusiasmo. - Garante o caracol, concordando com dona Araril.
- Exato. Creio que a menina vai intermediar relações positivas com o outro Planeta, mas preocupantes. – Talvez devamos levar isso ao Conselho, questiona dona Araril.
- Vamos esperar o Campeonato acabar e a menina regressar. Assim, podemos verificar isso com mais cautela. – Acalma o Senhor Caracol, dona Araril.

A estufa que ia receber os insetos estava lotada deles. Eram vários tipos, enormes e gigantes, a sua proporção. Ficavam todos juntos e misturados em um local envidraçado e aquecido para que o cultivo de certas plantas e flores se mantivessem a uma temperatura ambiente.

Antes disso, porém, Guga teria que convidar os *Unis* e aqueles que cultivavam os insetos em sua casa. Tinham os que sofriam metamorfose também, como a família de borboletas que de tempos em tempos trocavam de capa e se transformavam. O mais interessante é que a Malévola, borboleta azul dos *Unis,* tinha uma prática muito atípica de reunir as borboletas no *Borboletário da Fauna e Flora. Mas, durante o campeonato haveria de soltá-las.*

Por isso, o professor de Biologia Guga Pierre e o professor de matemática, caracol Gutemberg, estavam prontos para começar o campeonato mais famoso de futebol de insetos e esperado por todo Planeta Água. Decidiram enviar para todos os Unis e alunos da Escola de Mutantes, uma carta convidando os familiares e amigos.

Queridos insetos e amigos,

A Escola de Mutantes tem a honra de convidar você e sua família, a participar do III Campeonato de Futebol de Insetos

Nele, vamos acompanhar a partida de jogo mais famosa do H2O, em campo.

O vencedor ganhará uma ceia farta no próximo Natal com uma grande variedade de plantas, animais e outros seres vivos.

Não perca! Venha participar! Traga sua família e seu Unis.

Com atenção,
Professor, Guga Pierre e caracol Gutemberg
Toque 4xp9

Os Unis e os familiares tinham recebido a carta convite para participar do *III Campeonato de Futebol de Insetos.* Logo, eles teriam que se organizar para ir. Além disso, os alunos teriam que fazer anotações acerca do comportamento dos bichos e analisar o que os levava a tomar decisões rápidas na hora de avançar na frente um do outro.

As borboletas, besouros, libélulas e abelhadas ficavam juntas na parte de cima do campo. Os demais insetos, menores como barata, joaninha e grilo, iam por cima. Aglomerados em uma redoma, eles teriam que achar a saída mais fácil do lugar. A estratégia que o professor Guga encontrou de tentar entender como e por que alguns dos bichos mais antigos do mundo, tirando os dinossauros, eram tão fortes e resistentes.

- CAPÍTULO 21 -

O Jogo de Futebol

Clara voltou como se nada tivesse acontecido. Senhor Nerd terminou de verificar o defeito que acontecia em sua varinha e *malacasam*. Levou apenas Nino. O pai, senhor Immediato, não foi. Talvez um cálculo mal formulado na hora do reagente que alterou a composição do relógio *Tic Tac* feito por senhor Nerd tenha comprometido sua ida ou talvez a varinha. Ninguém sabe.

Clara achava que a varinha feita pelo professor Guga deu algum problema e não liberou a ida de seu pai... E, em meio à capsula que se formou na Orla de Secília, em Palermo, a menina e seu gato de estimação seguiram viagem ao Planeta Água. A varinha envolveu os dois em meio a fumaça e fez com eles desaparecessem rapidamente.

A chegada foi triunfal, Clara e o gato apareceram direto na *Cabine de Informações* no *Jornal do Unis* e foram recebidos pelos repórteres, em uma fumaça envolvendo-os. Já era de se esperar sua chegada promissora, afinal, a menina fazia parte de uma das pessoas que recém-chegada detinha do poder de se teletransportar.

- Vrum!
- Caramba, estava pensando que eu ia direto para o *Parque Fauna e Flora* encontrar com *Pterossauro*. – Disse Clara ao chegar à H2O.
- Seja bem-vinda menina, Clara – disse Praxedes.

– Obrigada. Trouxe um amigo. Ele se chama Nino. Meu gato de estimação. Ele ficará comigo na Escola de Mutantes.

– Muito bem. Espero que ele se adapte. Os outros felinos que temos aqui estão lá também. Possivelmente, ele irá se identificar rapidamente com os semelhantes. - Garantiu Praxedes, falando sobre a chegada de Nino ao Planeta Água.

– Obrigada! Agora preciso correr porque vou participar do *III Campeonato de Futebol de Insetos*. Preciso me transmutar. - Disse Clara sobre o retorno ao Planeta Água e sua ida ao Campeonato que iria acontecer.

Lucas Mago ia cobrir o jogo e já estava se preparando para o *III Campeonato de Futebol de Insetos* que ia começar logo mais. Clara ia se transformar em besouro para participar e *Sauroposeidon,* dinossauro de Rick, iria ser o árbitro.

O Campeonato ia começar, vários insetos se juntaram para ir juntos. A bancada dos *Unis* e participantes estava lotava. Seria um jogo de futebol e dessa vez somente as formigas e besouros participariam do jogo.

De um lado 11 formigas contra 11 besouros. A disputa estava acirrada pois, ambos eram fortes e detinham de uma capacidade de raciocínio muito sagaz. Eram rápidos. O campo não era muito grande, pois os participantes eram pequenos. Apesar de muito competitivos. Todo ano, o campeonato era organizado pela *Escola de Mutantes,* com espécies variadas. O I Campeonato reuniu abelhas e gafanhotos, o II foi com os grilos e cigarras e este agora seria com formigas e besouros. A escolha era baseada em critério científico e histórico. Quanto mais antigo e popular o inseto, mas disputado ele era. Os próximos seriam de outras espécies. A cada três anos, isso acontecia em H2O, tradicionalmente.

Enquanto isso, Clara estava animada para participar também. Decidiu que ia se transformar em besouro para poder participar. Não podia perder o jogo. O árbitro, *Sauroposeidon*, dinossauro de Rick, estava posicionado na arena com o garoto, que dava apoio a ele e estava pronto para iniciar o jogo de futebol dos insetos.

É dado a largada...

- Par, diz Neymar.
- Ímpar, responde Clara.
- Besouro Neymar, ganhou. Qual o campo? - disse *Sauroposeidon* à Neymar sobre qual lado do campo ele iria querer.
- Esquerdo. - Respondeu o besouro para escolher qual lado do campo o jogador vencedor ia começar o jogo.
- Senhor Neymar, começou observando aos demais jogadores com precisão e atenção a tudo que estava acontecendo. Astuto, iniciou com a bola para o meio de campo passando ela bem devagar ao oponente.
- Rafael, se liga, cola nele. - Grita a formiga Rafa que atenta avisa aos outros jogadores para marcarem em cima dos Besouros.

O besouro Neymar estava com a posse de bola. Passou a bola para Titi, o zagueiro, que estava próximo, e segurando ela, por um tempo, a devolve para o colega. Romário, no entanto, a formiga macho, metade dos jogadores eram macho, a outra metade das formigas eram fêmeas. Eles trabalhavam muito bem juntos. Embora, o nome "formiga", seja feminino, existem formigas machos. Em sua maioria, inclusive. Então, Romário rouba a bola, de repente, do pé de Neymar, que distraído não se dá conta e a perde, por besteira. E, correndo rapidamente ao campo contrário, do lado direito, faz o gol.

— Goooooool! - grita a formiga Romário, eufórico, ao jogar a bola no gol.

A torcida gritou animada.

— Uhuuuu!

— 1x0, grita *Sauroposeidon*.

O gol foi uma surpresa. Logo no primeiro tempo, os formigas reagem inesperadamente e fazem mais um gol nos Besouros. De fato, uma jogada de mestre inesperada.

— Piiiii – apita *Sauroposeidon,* recomeçando o jogo. Seria o momento dos Besouros repensarem a estratégia de como eles iriam recuperar o gol que levaram. Já tinham se passado pouco mais de 20 minutos e ainda assim, ainda havia muita brincadeira pela frente.

Titi e Teobaldo tinham saído com a bola. Neymar estava no ataque mais na frente do gol, esperando os toques de bola. O time veio trabalhando um pouco mais o passe de bola antes de atacar. Nunes, o besouro lateral esquerdo, saiu mais confiante e preparado.

Os formigas Ronaldo e Romário estavam mais ligados no jogo. Ao chegar na metade do campo para o ataque ao gol, o besouro Titi saiu em disparado depois de passar por Tafarel que estava próximo ao gol, na defesa, e chutou.

— Quase! - grita *Sauroposeidon*, o árbitro.

— Ufa, foi por pouco. - Reclamou Neymar que quase fez o gol.

O time voltou rebatendo a bola que foi pega pelo meia formiga, Rafael. Depois de ficar com a bola rapidamente, o jogador passa para formiga Romário, que sai correndo para o gol e de escanteio passa a bola para o formiga Ronaldo.

— Powl!

> – Falta! Oh, senhor juiz, *Sauroposeidon,* foi falta aqui. Ele derrubou o jogador. - Defende Romário falando da falta que besouro Neymar fizera em Ronaldo
> – O juiz apita. – Piiiii. Pessoal vamos nos concentrar. O objetivo do jogo é fazer gol. - Reclama o dinossauro que observava o jogo atento.

O besouro Titi estava próximo ao tentar pegar a bola de Ronaldo que caiu ao levar um empurrão, levando a falta. Nisso, ao cair no chão, imediatamente, Titi se levanta. Bravo, Ronaldo releva a atitude do colega. De fato, foi Titi que queria tirar ele do jogo.

> – Não vou deixar que ele me tire do jogo. Não! Ele não vai conseguir essa façanha. Não dessa vez. Eu vou mostrar para ele quem é que manda. E com raiva levantou-se mais forte e foi jogar bola, que era esse o motivo de ele estar lá. Vim aqui pra jogar futebol e é isso que eu vou fazer, e bem. – gritou Ronaldo bravo voltando ao jogo.

Era nítido que alguns jogadores queriam brigar em campo. Derrubar o adversário e não jogar bola. Brincar de jogar futebol, sem dúvida, seria o mais interessante agora.

> – Clara estava na expectativa de fazer algo. Mas, não estava conseguindo se concentrar muito bem. As pessoas estavam marcando muito em cima dela e isso a deixava constrangida e um pouco confusa. Mesmo assim, Ana e Xuxa estavam a todo vapor correndo para atacar e fazer o gol. Porém, seria inapropriado pensar que Gisele (formiga) e Fofis (besouro), pudessem conseguir fazer gol. Ambas, eram muito medrosas e detinham de uma habilidade de defesa maior que a de ataque. Clara já era mais agressiva e isso a fazia arriscar mais, era mais confiante.

No jogo é preciso pensar antes de agir. A estratégia de ataque também é uma maneira de mostrar o quanto se é bom, mas para o inimigo a arma nunca pode ser revelada. Além disso, o treino que é feito antes do jogo é aonde se consegue ser verdadeiramente bom. Clara pensava que se tivesse treinado mais poderia estar melhor, mas sabia que ia dar o seu melhor ali e isso era o mais importante. O livro *Como Jogar bem futebol* ela já havia lido mais de três vezes, então era só ter calma e confiar.

Depois de muito jogo e muito bate bola, finalmente, Clara pega a bola e chutou ao gol. A besouro Nina conseguiu roubar a bola da formiga Ronaldo e fez o gol de lavada nos Formigas.

– Goooool! - respira aliviada ao fazer o gol.
– Uhuuuu!
– Parabéns, Clara. Disse *Clasmossauro*, dinossauro de Ted. Um dos que ajudou os besouros no treinamento.

O placar estava 1x1. Os besouros e formigas estavam empatados e era final do primeiro tempo. Clara sabia que teria junto com Neymar, o melhor jogador do time, atacante, ganhar o jogo, mas não estava fácil, os formigas estavam marcando em cima e virar o jogo seria um desafio.

– Como vamos trabalhar melhor a bola? - perguntou Clara aos besouros.

– Precisamos ter calma e enganar os trouxas. Muitas vezes vejo Pluma sozinha perto do gol. Clara, passe a bola mais para ela. - Disse Titi sobre o andamento do segundo tempo do jogo de futebol que ia acontecer.

– Os formigas estão marcando muito e quase não consegui pegar a bola. - Reclamou Titi sobre a falta que levou do adversário.

O jogo estava muito bem disputado. Não era possível apostar em quem ia levar o troféu, ou melhor, a ceia de Natal com uma grande variedade de plantas, animais e outros seres vivos.

- Piiiiii. - Apita *Sauroposeidon* chamando os besouros e formigas para o jogo. Era hora de voltar e começar o segundo tempo do jogo.

— Par ou ímpar - pergunta o juiz, dinossauro.
— Par – escolhe o besouro, Neymar.
— Ímpar – escolhe a formiga, Xuxa.

Xuxa, ganha o campo do lado direito. Está feito. Começaram o segundo tempo do jogo.

Rafa saiu com a bola... Devagar, passa ela para Ronaldo que joga para Romário. As formigas costumam trabalhar muito bem em equipe. Dessa vez, eles estavam mais empenhados.

— Rafa, aqui, joga aqui. - gritou Tafarel lá do outro lado do campo.

Ele pegou a bola e jogou para o goleiro, que finaliza a jogada chutando a bola para o gol...

— Ufa... Foi quase. A formiga goleiro pega a bola. Não foi dessa vez.
— Vamos, vamos, gente. Voltando. Vamos seguir. Bora. Ânimo. Vocês estão indo bem. Muito bem. - Grita Gisele chamando as formigas jogadoras para o jogo.

Clara pega a bola. Anda devagar tocando ela para Neymar, que está do outro lado do campo e chuta para o gol.

— Gooool! 2X1. O time dos besouros fez um gol nas formigas. O time de Neymar, Nina, Titi e Pluma estava animadíssimo e satisfeito. Pois, finalmente, podiam respirar com mais calma e continuar o jogo.

Era curioso porque os formigas e besouros embora diferentes, tinham muitas semelhanças na hora de competir. Por isso, o jogo era divertido, apesar de difícil. A torcida estava vibrando a partida que estava sendo transmitida pelo telão aos *Unis* na *Escola de Mutantes* para todo mundo. Todos os bichos, desde os insetos até os vertebrados, terrestres, aquáticos e voadores estavam lá e torciam para a equipe do *III Campeonato de Futebol de Insetos*.

— Piiii – apita *Sauroposeidon,* fim do jogo. Ele cronometrou o segundo tempo e aos 45 minutos, finalizou o jogo.

Vence os besouros por 2x1 das formigas o jogo do *III Campeonato de Futebol de Insetos*.

A partida tinha sido emocionante. Os besouros tinham vencido e Clara estava muito animada. Em comemoração ao feito, resolveu junto com os besouros escolherem o mineral raríssimo, o néctar como presente. A garota tinha planos de construir uma fazenda em H2O e levar a família no futuro. Flock estava ao seu lado comemorando.

— Flock nós ganhamos. Estou muito feliz. Não consigo acreditar.

— Parabéns, Clara. Você merece e a comunidade de besouros também. O que vai fazer agora? Como vai aplicar a quantidade de néctar que ganhou?

— Então, vou repartir o néctar que recebi com uma porção de abelhas que trabalham para seu cultivo e produção. Preciso levá-las até o *Parque Fauna e Flora* para que junto do Pit, meu dinossauro, possamos cuidar delas. - Respondeu a garota entusiasmada com a sua vitória.

Enquanto isso, dona Arruda estava injuriada e morrendo de raiva da menina que tinha ganhado o prêmio e pretendia continuar no Planeta Água. Ela não conseguia aceitar o sucesso de Clara e queria a todo custo acabar com isso.

— Flock, preciso ir para casa. Pit ficou lá e está na hora de eu descansar um pouco. O trabalho foi longo nesse *Campeonato de Futebol de Insetos*.

— Claro, Clara! Vou te acompanhar até a *Escola de Mutantes*. Vamos juntos.

A menina saiu na frente, caminhando e de repente.

— Puft. Ahhhhhh. Socorro.

— Clara, Clara. Aonde você está?

Dona Arruda planejou uma armadilha para tentar matar a menina que caiu em um buraco feito no meio da floresta com várias folhas secas, era impossível de ver. E ali Clara sumiu, desapareceu.

Aonde será que a menina foi parar? Para onde teria ido Clara?